鬼話連篇

A pack of lies

作者自序

編寫「鬼話連篇」的動力源於每次在立法院質詢枱上看到有些鬥雞型立法委員天馬行空地質詢政府官員時，我總覺得有如閻羅王貼佈告鬼話連篇，人家隨便說說，你有必要認真去聽嗎？何況鬼話連篇從「素書」中的道德仁義禮寫到「聊齋志異」狐仙、鬼、妖的種種社會現象，突顯人話鬼話自有論斷，讀者心中那把尺好好評論評論吧！

如果大家讀過清朝大文豪紀曉嵐的著作「閱微草堂筆記」，就會明白為什麼他的著作會與聊齋志異齊名！因為鬼話連篇隨便說說，即使對廟堂之上意有所指也不易遭到抄家滅門株連九族之禍！素書更直指人世間的悲歡離合、成王敗寇不過是人心與道心的聚合或裂變而已，若你夠睿智兼具洞察力就不難理解為什麼我們感覺不到社會道德的存在，而社會道德的的確確在我們的周圍甚至身體內存在著！

人鬼殊途，講人話易生禍端，講鬼話可以將自己所犯的錯誤罪禍之責推給別人，就像那個喜歡對美女影星毛手毛腳的色胚子武打明星發生緋聞案後，竟然說「犯了天下男人都會犯的錯」將責任推給所有男人，真是他媽媽的喝了甲魚王八湯的混蛋，見鬼了就算他已經是國際上知名的甲魚，卻沒有勇氣講出人話，簡直鬼話連篇！

我常想「猩猩善言不離禽獸、人若無恥禽獸不如」，真想斷了色龍毛手毛腳之惡習及無恥之根，人鬼有時很難分辨，猶如女人美不美一盆水，卸下妝猜猜我是誰？是人、是鬼！到底是人話鬼話，相信大家瞎子吃湯圓心中明白的很！

在此特別向為「鬼話連篇」作序的台灣石化龍頭陳寶郎董事長、中華民國五院部會轄屬 70 個三級單位最年輕又擁有台灣大學公衛博士的勞動部勞動及職業安全衛生研究所所長何俊傑及 2021 年第三十五屆吳舜文新聞獎「國際新聞報導獎」得主大愛主播、現被前行政院副院長吳榮義聘為台灣水資源與農業研究院助理院長的李佩玲等人致上無上榮耀謝意，令人深感大巧若拙、大辯若訥，方深悟達賴喇嘛智慧尊者所言「冥想定靜、順流心境」豈是跳出三界不在五行之禪修者所能理解！

無論是超凡入聖或是十惡不赦之徒都難脫光陰流失震盪，在同一空間的生命就會像走馬燈一樣地不停流轉，同樣地「人話鬼說、鬼話人說」處處皆如此無一例外，我們就以平常心待之，「鬼話連篇」評斷如何就由讀者自行斷定吧！

推薦序

李佩玲
台灣水資源與農業研究院助理院長

我不是政治人物，在研究院的日常，提供農田、水利、法制、媒體宣廣服務，是再單純不過的專業服務。
而這些專業，是團隊夥伴花許多時間，從各地蒐集來的資料，加上科學分析工具，然後撰寫成服務報告書，透過公部門讓公眾知道，如同一萬小時定律，微小的累積成為專家。
因為這一萬小時定律，面對「鬼話連篇」的序，我著實不敢動筆。

本書作者劉戡宇，是我多年好友，也是還在媒體圈打滾時，最熱情慷慨的前輩，熟悉的人都喊他戡哥。

如同行走自家花園，他穿越政治圈的百態，還能保持清明，懷抱初心，素樸的正義，簡單定義的是非，沒有邊界的想像，並且永保好奇心，也因此由他再提筆撰寫的書，我當然搶著拜讀。

本書對政治的各種議題，提出穿越史今的見地，閱讀本書，時而開懷大笑、時而憤慨萬千、時而垂頭深思、時而拍案叫絕，脈絡清楚、文字筆調行雲流水，前輩的功力，又翻新一個境界。

我著實不敢寫序，是因為深知他自律甚嚴，這些篇章的累積，來自家風嚴明，塑造他成為縱橫四海卻虛懷若谷的專家，每每總提醒我，不要忘記成為記者的初心，針砭時事，也要保持寬容，每天累積筆下功夫，他的修煉早就超過一萬個小時。

本書的問世，希望能幫助公眾，用幽默的方式，理解政治生態。人生嘛！當鬼話聽多了，人話才顯得彌足珍貴，更重要的是，要有思辨的勇氣。

何俊傑
勞動部勞動及職業安全衛生研究所所長

「戡哥」是我所認識的眾多友人中，
非常特別的一位大哥！

與他認識起因於 104 年間，我所服務的單位因為組織改造，編制表遲遲未能通過；透過他的協助與指導，最終能有好的結果！原因無他，就是他認為勞工朋友在職場的健康安全，理應受到社會各界更多的支持；所以他勇於發聲，讓我們順利提升研究員的職等！從此，開始與他相識進而相熟。

相信所有認識他的人，都可以發現他非常樂於助人，而且是不計代價的幫忙。只要他認為能幫的上忙，往往不用你開口，他就會主動「兩肋插刀」為你出謀獻策！對於朋友受到不平的對待，他一定力挺到底，始終站在朋友身旁！但是，有一點是他絕對不幫的，那就是佔人便宜欺負良善的事，他是深惡痛絕的！

他的文筆非常犀利，觀察非常敏銳；下筆可以說是「靜如處子 動如脫兔」！記得有一回從木柵開車回汐止，他可以一面跟你聊天，一面用著手機寫新聞；車子停下來，他的稿子也

寫好了。問他如何做到的，他説記者在趕稿子就是要有這股拼勁，失去了「快狠準」，再好的稿子也沒有用！為此，我又認識到他認真、專注的特質！

他對於自己的徒弟一向愛護有佳！總是給予最溫暖的照顧與關懷！有時候難免有些人的互動會產生摩擦，他也會很公平的調處，然後讓她離開「戡派」！我問他，這樣子徒弟不會怨你嗎？他回說，徒弟就是徒弟，不一定都要加入戡派啊！師徒關係本來就是徒弟跟師父之間的事，不能強迫每個人因為師父，就非得維持表面和諧。戡哥讓我學到「有教無類」的包容，需要一份開明的純真！

了解戡哥會驚訝於他的家世與成長環境！他有很好的機會可以靠關係而獲利良多，但是他卻不願意為此犧牲原則！往往他會談到自己如何調皮搗蛋，如何利用他的聰明才智，作弄他不欣賞的老師跟教官；他很多特例獨行的往事，聽他尾尾道來實在是一種享受！甚至聽他如何跟他父親做對，我卻看到他對父親無盡的思念！

這樣的大哥，我願意以「鐵漢柔情」來形容他；他寫的書一定精彩，即使有些論點我不完全認同！但是我認同他擇善固執的一面，並且謝謝他給我的啟發！戡哥絕對是一位值得認識的朋友！

推薦序

陳寶郎
台塑石化董事長

戡宇兄與我都有一個不變的共同價，
那就是堅持自己從事本業的精神！

記得當年我任職於中國石油公司高雄煉油總廠公關室主任，戡宇兄是南部媒體採訪記者，我們結緣於南部，之後經歷種種職務升遷調動到中華路中油公司任企劃處長，戡宇兄也北漂到台北採訪中油公司的新聞。

等到中油公司搬遷至信義區，又經中油公司變更為台灣中油公司，此時我正巧擔任總經理，戡宇兄同時當上中華民國石油記者聯誼會會長，我們兩人間對於石化產業發展政策有著相互連貫性的認知與默契，相處融洽愉快。

直到離開中油到國光石化再到台塑集團的台塑石化擔任董事長，我們兩人依舊經常聚餐聯誼，友情並未受到歲月痕跡的影響而削減半分，反而有如陳年高粱酒愈陳愈香！

今戡宇兄將出版新書「鬼話連篇」，請我為他寫序，觀之「鬼話連篇」內容涵蓋人物、政黨、時事、心得分享、政府、政策制度及其他共一百篇，涉獵內容十分廣泛、豐富，是值得一讀的好書，我樂意為序。

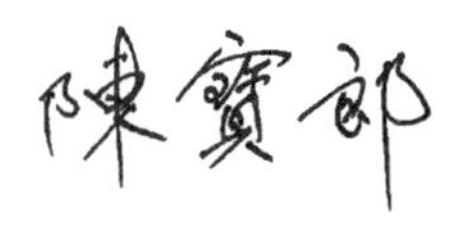

CONTENTS
目次

CONTENTS
目次

鬼話連篇

A pack of lies

CONTENTS
目次

鬼話連篇

A pack of lies

CONTENTS
目次

政府、政策制度

其他

朱立倫不知窮人苦不苦

中國國民黨主席朱立倫所謂尊重民意「給年輕人一個機會」，足以見證「三十晚上敲鑼鼓、不知窮人苦不苦」的歷史現形記，年輕人有機會嗎？見鬼了！

罷免一個 36 歲未婚年輕的立委陳柏惟，卻要選民給一個已婚的阿公級前立委顏寬恆一個機會，朱立倫難道不知道顏寬恆 36 歲就當很年輕的阿公級政治人物嗎？現在他已經有一個 9 歲的孫女了，這就是國民黨所謂「給年輕人一個機會」，那麼罷免掉陳柏惟又算什麼？到底 36 歲與 45 歲哪個年輕呢？很諷刺吧！又有誰來喚醒正常倫正常一點呢？

台中第 2 選區立委補選，將在 2022 年 1 月 9 日舉行，本來罷免陳柏惟就是為了顏寬恆復出做準備，卻非得學習宋太祖趙匡胤的「陳橋兵變」黃袍加身，朱立倫真以為顏寬恆虛懷若谷、矢志於選民服務、處處以民生為本？當然有其應對政治、家族等重大經濟糾纏不清的利益，外界很難細究其中之奧妙！

至於自喻「正常倫」的朱立倫所謂尊重民意，「希望市民不要再受政黨操弄，接受一個空降的立委」，那麼當年朱立倫空降新北市參選市長，難道就不是政黨操弄的空降市長人選嗎？試問朱立倫何時開始尊重民意？見鬼了嗎？

為什麼朱立倫說得顛三倒四、矛盾至極的政治言論全都對，別人的正常言行卻無一是處呢？因為歷史經驗告訴我們：「三十晚上敲鑼鼓、不知窮人苦不苦」！

冷眼看台中顏家三代興衰

兩岸政商權貴名流的發財術，真的是禿頭與眼瞎，沒有什麼好類比的，看看顏家遭政論性節目全面起底，真令人感嘆過去風光的顏家真有「世亂奴欺主，時衰鬼弄人」之慨！

普通窮人百姓到銀行借錢，經常被刁難看不起，借貸流程更是複雜煩瑣，反觀權貴人士到銀行搬錢有多麼容易，銀行非但全力配合，借貸流程更是一路亮綠燈，且極盡巴結之能事，等搬完錢多年之後，銀行還不敢聲討，還得謝謝權貴的人駕光臨！

別再說中國的金融體制是官商勾結的共犯結構了，難道台灣的金融體系就不是政商權貴掛鉤的共生結構嗎？兩岸的金融體系差別在於，台灣有各種監督機制，但還是難逃檯面下權貴惡勢力的糾纏；而中國的金融體制，因缺乏監督機制，所以有權者對於金融業者可任意提出需求，把它當成「全家就是我家」，要多少搬多少。

看看台中顏家三代政治興衰，猶如「世亂奴欺主，時衰鬼弄人」，遭到知名政論性節目全面起底，方知發大財有何難？不過如此，你不說他禿頭、他不說你眼瞎，大家睜眼說瞎話、悶聲發大財，你好我也好。

誰在任內最會鬼畫符？

監察委員余騰芳、考試委員謝秀能、立法委員葉毓蘭等 3 位中央級政治人物是警界的驕傲代表人物，誰在任內最會鬼畫符？唬弄社會大眾？

經常向朋友炫耀自己曾是新北市市長侯友宜刑事上師父的監察委員余騰芳，確實是有他獨特的政治智慧，卻在「馬、王鬥」時為了監委提名投靠馬英九、背棄王金平而遭杯葛，更被民進黨立委譏諷「是馬英九從垃圾桶撿回來的」。

事實上，余騰芳對警界同仁確實發揮鴿子的力量，最有名的是遭擱置多年的 95 年斥資 5 億多元興建保六新辦公大樓，因又有多件契約的法律糾紛，雖完工多年卻遲遲無法進駐，經余騰芳全力協助下，方完成合法程序，順利正常運作。

當初謝秀能於警大校長退休後，被提名為考試委員，在立法院審查考試委員資格時曾說，希望憑藉過去在警界的內外勤和警政教育的經驗，對考試院有所貢獻。然而等當上考試委員後呢？我只能哈哈大笑地說：真是「鬼畫符」！

曾於2016年從國民黨退黨爭取參選新黨不分區立委，2019年獲國民黨提名列不分區立委、成功進軍國會的葉毓蘭，為爭取媒體關注，經常發表爭議性的言論。在國民黨不分區立委中，除吳斯懷外，最具爭議性的不分區立委就屬葉毓蘭，她曾在立法院青島二館嘗試用氣炸鍋蒸口罩，差點上演火燒立法院的鬧劇。雖與警界有深厚淵源，但她對警察人事、編制、福利、預算，並非想像中那麼友善！是把鴿子全都吃了嗎？

3位代表警界的中央級政治人物之中，可以說葉毓蘭最符合《何典十一才子書》中第6回中的「鬼畫符」，凡是走頭無路的人，只要拿出鬼畫符，唬弄人就會出現大路朝天。

警大45期的傳奇

「45期高階警官滿街走、學弟學妹個個是小狗」，此句話足以說明警大45期創造警界傳奇，在近7萬名警察中，警大45期人才之輩出，可說是「前無古人 後無來者」。但在台灣的特殊政治環境下，要以「人高惹禍、樹大招風」當為警惕！

警察是依《中華民國憲法》及《警察法》之規定，其任務為「依法維持公共秩序，保護社會安全，防止一切危害，促進人民福利」，平時維護社會治安、反恐任務，戰時成為後備軍事力量，由內政部警政署管理和指揮。無論平時、戰時，真正穩定國家社會的核心力量，絕對是維持治安的警察。

面對社會治安，警察是第一線執法者，但在已經完全民主法治化的台灣，受民主選舉的嚴重影響，警察面對政治現實卻顯得疲弱不堪，甚至比弱勢團體還要弱，導致很多警察在處理各種違法違規事件，不是意興闌珊，就是能推就推、能躲就躲，完全顛覆基層民眾對警察執法的期待，社會治安無法改善，始作俑者難道不是這些靠選舉起家的政治人物嗎？

不過，最近台灣的治安，已經逐漸有起色，大家不妨看看目前警政署 15 位警監一階簡任第十三職以上，其中警大 45 期竟有 6 位，六都警察局長先後有四都都被 45 期歷練過。在全國約有近 7 萬警察的警政署，一路從署長陳家欽、副署長林順家、警大校長陳擇文、台中市警察局長蔡蒼柏、新北市警察局長黃宗仁，到各縣市警察局高階警官，到處充斥著 45 期長官部屬的領導階層，大家同心其力斷金，社會治安在警政署長陳家欽一聲令下，豈能沒有起色！

所謂「人高惹禍、樹大招風」，值得警大 45 期高階警官時時警惕，畢竟每次警政署高階治安會報，就有如 45 期在開同學會一樣，難怪有人說，「45 期高階警官滿街走、學弟學妹個個是小狗」。

楊源明藍綠逢源　黃宗仁谷底翻身

六都治安到底對社會治安貢獻如何？先來談談首都圈及人口是六都之最的新北市治安，市警察局轄區內案件處理是司空見慣？或是禍從天降、晴天霹靂？

臺北市警察局長楊源明自從陳嘉昌手中接下首都治安重任，就將黑幫街頭暴力及詐欺集團做案，定位為未來北市警方治安掃蕩取締重點，並戮力追查根源和幕後金主，全力予以掃盪清除，讓居於全國政經中心的首都圈市民在治安、交通能平安順利。

姿態軟且低調的楊源明，於台中市警察局長任內時，治安平穩、績效卓越表現，對於臺北市各警分局多元刑事辦案能力及行政作業瞭若指掌，更何況在藍綠複雜政治圈內，楊源明是少數朝野政黨政治人物都能接受的人，加上子弟兵都肯為他不辭勞苦、埋頭苦幹，想要要達成首都治安維護任務，就相對容易些。

在警界有點子王之稱的「大仁哥」、新北市警察局長黃宗仁，曾於2018年任台南市警局長時，因缺乏政治判斷，影響當年「綠得出油」的台南地方選舉，遭內政部調遷警政署副署長。經過副署長沉潛期間，黃宗仁發揮其公關專才游走於立法、行政部門，運用其溝通能量，積極協調國會議員推動警界相關法案，頗受高層肯定。

其實，黃宗仁在警界發展，前有新北市長侯友宜於警政署長任內重點栽培，現有現任署長陳家欽提攜，在前後任署長同學的拉拔下，自然比其他尚在奮鬥的人幸運，現在「大仁哥」到新北市又有著大家長侯友宜的庇護，定能幹個風生水起。

台灣的兩大直轄市警察局，較其他四都直轄市警察局，會少很多司空見慣、禍從天降、晴天霹靂的大案子，但還是要小心出意外事故，畢竟人算不如天算！

陳國進朝野支持　蔡蒼柏笑錯時間

桃園市警察局長備受府會的支持，而台中市警察局長卻因為海神三煞捧打大學生案，導致市議會朝野議員要求局長下台、同時禍及市長的尷尬局面，真的是城牆失火、殃及無辜！

六都市警察局中，唯有桃園市警局長陳國進受到市議會朝野議員及市長的全力支持，得以向中央請求增補警力近千人，讓桃園市警力增至 4,953 人，減輕員警負擔，讓桃園市成為安全宜居的優質城市。

陳國進從警資歷相當完整，歷經直轄市分局長、縣市警察局、專業警察的總隊長，直到調升警政委員兼署長辦公室主任。其任內輔佐協助署長處理立法院、監察院及行政院附近的陳抗遊行，展現其特殊優異之長才，深獲署長賞識及行政院高層肯定，到任桃園市警察局長更獲得全國治安第二名的優秀成績，相信在鄭文燦市長及朝野市議員全力支持下，桃園市的警察再無後顧之憂，可以盡全力拚治安了；陳國進於 2022 年 6 月 7 日提前退休，由警大 46 期的警政委員許錫榮接任局長，在此深盼許錫榮要注意避免嚴重的「後宮干政」並頻繁發生。

微笑有什麼不對？台中市警察局長蔡蒼柏在不對的時間不經意的微笑，遭到批評「沒有同理心」。所以要在對的時間做對的事，否則在不對的時間，無論做多少對的事，都是禍從天降、晴天霹靂之事。

海神三煞的記者會中，蔡蒼柏的一抹微笑，抹去了他在警界幾十年的努力。以蔡蒼柏的警大期別，已是船到碼頭車到站，絕對想做到功成身退，不可能再去爭取什麼，但能否名留台中至關重要，卻於臨退之前留下遺憾，殊為可惜，何況又是非戰之罪！

為什麼藍綠議員在市議會皆有共識，要求換掉蔡蒼柏？因為海神三煞圍毆捧打宋姓大學生，危及朝野黨派議員及市長的未來選情，此時站出來挺警察就是與民意為敵，這種充滿敵意的政治環境，民選出身的公職人員在萬分為難之下，警察再有特殊表現，都成了「豬八戒照鏡子，裡外不是人」！

同樣是直轄市警察局長，府會關係卻兩樣情，特別是人與人之間的接觸交流就會凸顯其差異性，不知蔡蒼柏會不會有「局前摔一跤、功虧一簣」的感覺？

方仰寧有老經驗　黃明昭有老長官

臺南市警察局長方仰寧與高雄市警察局長黃明昭，雖同為南部兩直轄市警局長，但方仰寧對於遊行抗爭的經驗相當豐富，處理社會治安能力值得肯定；黃明昭因具有刑事強項，並受到蘇貞昌院長之肯定，為人處事超級謹慎低調。

台南市警察局與高雄市警察局，同為南部二直轄市，在治安上卻是完全不一樣的治理方式。台南有文化古都之勝名，生活節奏較和緩，對於社會重大治安事件相當重視，尤其是敏感性政治事故或國際刑事案件的處理，都會相對的棘手；處理不好，局長只有鞠躬下台，前有黃宗仁、後有詹永茂，至於周佑威是運氣不佳，被高雄市兇殺案件牽拖到，算是倒霉吧！

為人親切、記憶力超強的方仰寧，從詹永茂手中接下局長職務時，就相當注意前事不忘、後事之師的教訓，何況方仰寧曾在複雜的臺北市中正分局歷練過，也處理過行政院、立法院、監察院等政治中心的遊行抗爭，以及 2014 年 3 月「太陽花學運」等重大案，其累積的經驗應該足以應付地方上千奇百怪的雜症，臺南市治安現在已回歸正軌了。

當初黃明昭接任基隆市警察局長僅一年，行政院長蘇貞昌完全不管警界升遷制度，刻意提拔他擔任刑事警察局長，因而遭到外界質疑公平性，因為基隆市警察局長是簡任第十一職等警監三階。黃明昭彷彿搭協和噴射機直升簡任第十三職等警監一階，當然影響當時高階警官升遷時程。

黃明昭受蘇貞昌力挺的理由，主要是蘇貞昌任台北縣長時，黃於台北縣刑大隊長任內，破獲天道盟「日仔會」坑殺計程車司機案及汐止殺警奪槍案。其實黃明昭除刑事專業性強外，行事小心又低調，只是升遷遭質疑破壞制度而已，那有什麼辦法呢？長官就是太任性，在署長陳家欽卸任之前，蘇貞昌依然在行政院長任內，若無其他特別意外事故，黃明昭銜接署長將是唯一的人選，在學術上術業有專攻令人敬佩，在政治上跟對人最令人「羨慕嫉妒恨」，這就是為什麼最近配眼鏡的人特別多？因為近視眼的政治人物深度愈來愈深不可測！

對於日圖三餐、夜圖一宿的基層市民，生活要求並不高，只求社會治安良好，少一點安全顧慮就很滿意，誰也不相信治安神蹟，更不想聽到治安鬼話！

柯文哲「隱形驕傲」現形記

臺北市長柯文哲老是自喻智商 157，卻從未拿出任何一種智力測驗的成績單，讓大家看看他是何年、何月、何日取得的，否則智商 157 只是隨便說說而已，這更加凸顯柯文哲的隱形驕傲，逐漸在潛意識中慢慢浮現。

臺灣政治發展有如各朝代的章回小說，像開屏的孔雀，從正面看是五彩斑斕，從後面看就只有屁股。自喻智商 157 的柯文哲認為，組民眾黨可以改變臺灣政治文化，終止立法院亂象、強化政府效能，並為臺灣永續經營而奮鬥。事實上，在臺北市長任內，臺北市政亂象叢生，到底改變了什麼？

防疫期間、Delta 變種病毒襲台灣，柯文哲開始與中央唱反調，強烈批評衛福部長陳時中的疫苗政策沒規劃、每天急就章，「哪個國家送我們什麼就打什麼，疫苗施打只是見招拆招」、「臺灣能控制疫情，完全是國民素質高」、「若再拖三個月餓死的會比病死的還多」等等，這就是智商 157 的人說的人話？

柯文哲具有民意市長的特質，卻完全不具備治理首都臺北的素質，一般來說民意有言論免責權，可以天馬行空、隨意發表任何不負責任的言論，但民選首都市長的一言一行，須受議會、議員及市民的監督，他卻在三級防疫期間天天噴政治口水、嗆中央疫情指揮中心，完全不理會北市疫情的嚴重性，已經威脅到市民的基本生活！

自喻智商 157 的柯文哲，難道真因為有亞斯伯格症，所以講話白目又不懂人情世故？「隱形驕傲」已現形的柯文哲說的人話，簡直胡扯鬼話連篇！

白手起家的李貴敏與劉建國

臺灣目前政治上的朝野兩大政黨都互相輪替過，對執政方式及人才栽培更是大異其趣，國民黨的政治精英幾乎都是世襲罔替，少有白手起家；而民進黨大都是從基層助理幹到中央公職人員。

民進黨的中央公職人員很多都是從基層助理當起，再逐步從地方民代、中央民代參選，一路當上地方縣市首長，甚至當上五院院長、總統的頂尖政治核心人物，如此扎實重點栽培未來的重要政治人物是民進黨的特色。反觀國民黨的老中青國會議員，不是地方派系出身，就是政四代、政三代；且政二代比比皆是，靠自己一個人單打獨鬥選上地方民代是有，但選上國會議員很少，再想上位到五院院長、總統等頂尖政治核心人物，更可說是鳳毛麟角。

靠白手起家的國民黨全國不分區立委李貴敏，是少數具有真材實學的財經法律博士，在立法院第八屆的表現因為對媒體太陌生，有很多很好的問政表現素材，無法成為新聞焦點，殊為可惜；但在第 10 屆的立委問政，已經逐漸掌握到如何將問政品質透過新聞媒體展示出來，讓社會大眾瞭解。而理想與現實的差距，令李貴敏感慨地想：「當官不能只是為了民粹跟執政，這樣會害了下一代」！

民進黨區域立委劉建國，是真正的年少輕狂浪子回頭的典範，從雲林縣的鄉鎮代表到選上縣議員，後又於 2009 年高票選上立法委員、從第七屆當到第十屆，每天都很認真問政，為雲林鄉親爭取農田水利、醫療交通等多樣性的地方基層建設需求。但問政期間難免發生男歡女愛、你情我願的兒女私情，雖不影響問政能力，卻成為八卦新聞媒體的緋聞事件，當成茶餘飯後的有趣話題，畢竟他還是黃金單身漢。

劉建國於 2020 年 12 月因萊豬進口與民進黨中央意見不一致，投棄權票，遭民進黨罰款、停止黨團黨權，而李貴敏因立院議場內抗爭表現而聲名大噪，兩者皆為白手起家，境遇如此說來真的是「玄之又玄、妙之又妙」！現劉建國被民進黨提名為雲林縣長候選人，更上一層玄妙之見。

朱立倫與趙少康能操縱侯友宜？

一場重啓核四公投，浮現出國民黨黨內三大勢力。這種矛盾，國民黨內有哪一位重量級政治人物，具有超強的政治智慧，能出面化解即將分裂的局面？別自以為大權在握、六轡在手，就能任意操縱有智慧的政治人物，除非細節中藏著鬼東西！

本來國民黨內除地方派系外，黨中央派系向來不明朗，這不包括軍系的黃復興黨部、及其所附屬的各地方縣市復興分部，但在朱立倫再度選上國民黨主席期間，趙少康以新入黨員身分，聯合各地縣市首長、民代及 20 多位立法委員組成「戰鬥藍」，儼然是另一股具有政治戰鬥力的強大勢力威脅著黨中央。

朱立倫在反美豬或重啓核四等四大公投案中，往往發言不當，且在面對美、中兩大國之間的表現，完全失去第一大在野黨主席的角度、格局，既想親中又不敢表達，想親美卻表現得很仇美，特別是在反美豬公投的情緒性反應，被部分美國人認為是「賓拉登式仇美」，這將影響朱立倫未來 2024 年的二合一選舉。如何彌補與美國的關係？發揮政治智慧吧！

反觀台灣最大的地方諸侯、新北市長侯友宜，大家都以為具有濃烈警察性格的他，是朱立倫刻意栽培出來的市長，事實上並非如此。記得當年朱立倫在桃園縣長選舉時，一件光碟案威脅到他的連任之路，侯友宜透過刑事系統為朱立倫解決選舉政治上的尷尬，讓朱立倫蟬連成功。所以當朱立倫從行政院副院長轉戰新北市長成功後，找侯友宜擔任副手，嚴格說起來是為了報當年解套之恩，絕非外界想像的那樣，更非是借用侯友宜的刑事專長負責新北市的治安！

何況，侯友宜是新北市長選舉以來、得票創新高紀錄的110多萬票，入主新北市府，侯就任市長後表現可圈可點。放眼國內政治，低調又相當自我的侯友宜，絕對是國民黨內未來唯一的總統候選人，見獵心喜的朱立倫或戰鬥藍的趙少康，別以為六轡在手，就可任意操縱有智慧的政治人物，別忘記具有濃烈警察性格的侯友宜，小心政治細節中真的有魔鬼！誰信國民黨內有超強政治智慧的政治人物，可以分辨魔鬼藏在何處？誰又能化解國民黨內三大勢力的矛盾？有嗎？我信你個鬼！

上了餐桌的國民黨

國民黨內三大派系的各路人馬，對核四重啓公投的觀點看法，類似 7 個好友到餐廳吃飯，甲魚王八肉這道菜確實很美味，但餐桌上「7 個人有 6 個王八蛋」，要女服務員怎麼分呢？真的是笑死人！

國民黨內總有些自認為自己是重要角色的人，心想大權在握，可以任意操縱指揮任何人，先看看同為警大 45 期同學的新北市長侯友宜與不分區立委葉毓蘭的反核、擁核的矛盾立場大對決，誰才能真正代表國民黨擁核立場？首先，完全沒有民意基礎的葉毓蘭，僅能一切以依循黨意為主，何況在完全沒有選舉壓力下，亂扯蘭嶼為了享受優惠、不願移除核廢料的論調，對核廢料如何妥善處理完全霧煞煞的葉毓蘭，簡直就是「胡人說八個不知道」！

新北市擁有全國最多核電廠，侯友宜很清楚沒有能力處理核廢料、就沒資格用核電，何況侯未來的政治前途一片光明，藉由取得選區選民一票一票積累肯定自己的治理能力，放眼未來 2022 年九合一選舉、甚至 2024 年的二合一選舉，國民黨中央完全無法配合侯友宜逐漸累積的這種股量，那麼侯當然不會隨著腳步紊亂、步驟迷奇的國民黨，配合重啓核四的節奏，亂彈琴胡吹簫般地、舞起無譜的戲碼！

綜觀侯友宜、盧秀燕及林姿妙等三位國民黨地方諸侯，針對核廢問題的高度、立場，皆已確認與國民黨中央認知南轅北轍難以磨合，國民黨怎麼團結？而此時戰鬥藍的趙少康，卻扮演著鬥雞的角色，指導黨主席朱立倫，下令若有14 個執政縣市的縣市長不辦公投宣講造勢的話，下一次選舉就不提名。弱勢的黨主席真敢如此對待強勢的地方諸侯嗎？萬一雙方起衝突發生重大爭執，那麼朱立倫豈非變成空心大老倌，什麼都不是！

國民黨中央與地方到底有多少派系，究竟是幾頭馬車真的不清楚，但國民黨內部對核四重啓公投的觀點，總覺得像極了有 7 個好友到餐廳吃飯，甲魚王八肉這道菜確確實實很美味，但餐桌上「7 個人有 6 個王八蛋」，要女服務員怎麼分呢？真的是連死人都笑了！

柯文哲的 3 大政見做到了嗎？

立法院朝野政黨協商時，有著不為人知的秘密，那就是各自政黨要如何維持永續經營的政治利益，其中可能涉及要求行政院及各部會釋出政策利益，配合政黨所需，這才是朝野政黨協商真正的核心價值！

政治理想永遠無法抵擋朝野政黨試圖擴大勢力版圖的現實，如果沒有一點點和平的妥協，僅靠著一時的社會趨勢、或強勢教義派式的意識型態，將很快泡沫化，如過去的新黨、親民黨及台聯黨等政黨，僅僅十幾、二十年的光景就已經快要銷聲匿跡！

政黨協商是以前密室協商的延伸，國民黨跟民進黨交換法案用的，必須合先敘明為什麼以前政黨協商很重要，2000年政黨輪替之前，由於朝大野小，表決上完全不具席次上的優勢，在野的民進黨唯有利用提案跟議事程序杯葛，與執政的國民黨談條件，讓在野黨所提出的法案能在院會順利二、三讀通，否則想通過，席次未過半的少數在野黨連門都摸不著！

對照柯文哲當初創立台民黨的初衷，是為改變台灣政治文化，終止立法亂象、強化政府效能，並為台灣這片土地的永續經營而奮鬥，做到了嗎？再看看柯文哲在選舉公報上所提的三大政見主軸：「公開透明，還政於民」、「國家治理，強化效能」、「財政紀律，台灣永續」，幾乎想以一人之力改變所有行政、立法的既得利益，理想超乎現實，太過夢幻，且完全不切實際！想實踐又實現，除了白日夢作太多，見到鬼了！

民進黨在立法、行政兩院已經完全執政，怕被外界譏諷為「一黨獨大、專制霸凌」，所以絕不放棄政黨朝野協商，而經常與執政黨唱反調的柯文哲，是否願意放棄既得利益的市府行政資源，來換取「改變台灣政治文化」、「終止立法亂象」呢？即使民眾黨泡沫化？告訴我有哪個在野黨，願意放棄立法院朝野協商的既得利益？

李伯璋與王必勝的嗜好

衛福部桃花叢林一到春天、桃花朵朵盛開時，能沒有才智又美慧的貌似桃花美女走過來？小心色字頭上一把刀！然桃花流水窅然去，別有天地在人間，別人笑我太瘋癲，我笑他人難成仙，十指緊扣似清水芙蓉的桃花，一入衛福部猶似貌美仙女在眼前，真是男人的人間天堂啊！

想像一下現任健保署長李伯璋與中央指揮中心醫療應變組副組長、衛福部醫福會執行長王必勝兩人應該經常於窮極無聊時到江邊散步，無意間突然發現一簇無主的桃花開得正盛，此刻自己有權作它的主人，豈不令人振奮？可盡情盡興地去欣賞，卻不知深淺桃花的區別，只知各有所好，竟有點令人應接不暇。即便難以形容桃花美麗，然其繁盛之貌已猶在眼前，那就勇敢地接受她，管他媽媽的別人曖昧的眼光！

為什麼桃羞杏讓的美女，特別喜歡與衛福部的男人有深入的連結呢？健保署長李伯璋與材慧優秀的何姓美女共赴日本高檔無菜單料理用餐，期間兩人談笑風生，用完餐後更情不自禁在大街上毫不掩飾地十指緊扣著，親暱地牽手逛大街。這層非比尋常的關係，事發後，李伯璋自稱對何姓乾女兒問心無愧，並說自己老婆不知情。何姓女子很優秀、個性好、學問好，若不具備這些條件，李伯璋會去欣賞嗎？那麼男人與女人的距離，就是永遠無法跨越的鴻溝了。

或許我們的智慧不夠限制了想像力，但號稱萬物之靈的人類，對於被噬吃的豬、牛、狗、雞等禽獸而言，是極其惡劣的。面對感官帶來的能力有時難以逆轉，為了隨遇而安，達到虛空的心境，諸醫早就學會調整角度、心態、觀念了。所以台大醫師李秉穎才會說「牽女生的手是好習慣、要學起來」，而遭踢爆外遇的王必勝親自證實與林姓護理師確實「有不適當、不應該的關係」，毫不諱言。但又怎麼樣？非醫者你奈我何！

政務官的健保署長李伯璋與常任文官的中央指揮中心醫療應變組副組長、衛福部醫福會執行長王必勝兩人，皆為衛福部權力薰天的核心高官，嗜好大同小異，可能在滿部桃花叢林中，還是難逃近朱者赤、近墨者黑，真的是「染蒼染黃隨環境、慾望深者天機淺」，完全無視色字頭上一把刀的警惕！

顏寬恒家族的潘朵拉盒子

為了罷免一個陳柏惟，快毀掉顏家五代的努力，真的是小不忍則亂了大謀，此次中二選區立法委員補選，直接將顏家罕為人知的潘朵拉盒子一層一層地掀開，這才驚醒還在夢中的顏寬恒，他已經全身跌下井、耳朵掛不住，如何解套？面對選舉檢驗，畢竟真金不怕火煉，否則愈陷愈深，別忘了老天不會放過任何一個壞人！

顏寬恆與林靜儀於中二選區的立法委員補選是全國注目的選舉，相當於元首級選舉，顏寬恆曾擔任顏清標所擔任過的台中縣議會議長、省議員及立法委員的助理，再接下顏清標的立法委員席次，卻於第十屆立法委員選舉敗給默默無聞的 3Q 哥陳柏惟。所以嚴格說起來，大家對顏寬恆職業的瞭解，應該是議長助理、省議員助理、立法委員助理及立法委員，但這些職業、職務如何讓他成為億萬富豪？

外界強烈質疑，前立委顏清標任鎮瀾宮董事長長達 20 年，期間財務狀況有問題時，與朋友之間的金錢借貸關係，更是盤根錯節錯綜雜亂；更令人好奇的是，以顏寬恒的經濟來源及財務狀況、房地產等，為什麼有能力經營那麼多家公司行業，同時身兼多個公會、協會職務？而若是光明正大，為什麼顏清標、顏寬恆等顏氏家族，卻抵死不願面對？

還完全無視全國人民對期待顏家出面澄清，期待，面對外界所有疑惑，反而相當排斥證明自己的清白，真是匪夷所思，令人百思不得其解！

3Q 哥陳柏惟當初遭顏家動用一切力量檢驗，並以排山倒海之勢被罷免，現在風水輪流轉，開始檢驗顏寬恒家族的行事作為，所有顏家過去不為外人所瞭解的隱形房地產業、財務金流狀況，及複雜政商朋友關係，皆逐一呈現在全國民眾眼前。過去沒人質疑顏家的所做所為，就因為台中中二選區的立法委員補選，讓這隱密深藏、陽光照不到的東西逐漸現形了！以告止謗，難道藏得住？

想進廚房就不要怕熱，想要享有國會議員特權，就勇敢面對民主選舉的民意考驗，畢竟有道是：真金不怕火煉、事實勝於雄辯，抵死不肯面對對手及外界質疑，只會愈陷愈深，別忘人在做天在看，老天不會放過任何一個壞人！何況選情已經讓顏寬恒全身跌下井，耳朵掛不住了，難道顏家的潘朵拉盒子隱藏著驚天駭人的秘密？

對台灣充滿敵意的基辛格

對台灣一向充滿敵意的 Intel CEO 基辛格曾公開表示「台灣是個不穩定的地方」，卻為了晶片，不得不到台灣求見台積電，還稱讚台積電了不起。這傢伙的嘴臉令所有台灣人看都覺得噁心，何況對台灣經常口出惡言，他的行為表現讓我們見證到什麼才是「鱷魚的眼淚」！

台積電對基辛格最好是永遠保持若即若離的態度，因為這位完全不顧商業道德形象及信用的商人，最擅長玩弄奸詐狡猾的兩面手法，為爭取台積電晶片供貨，基辛格竟然忝不知恥地盛讚台積電所獲得的成就很了不起，台灣在半導體業創造了令人驚豔的輝煌成果，並強調英特爾與台積電的關係極為深遠，英特爾將繼續在台灣投資，這就是歐美商人的商業模式吧！

為了追趕台積電，2017 年英特爾併購以色列汽車科技研發公司 Mobileye，推銷使用英特爾生產的晶片，但 Mobileye 旗下所有「EyeQ」晶片都是依賴台積電製造，從市場結構反映現況來展現台積電的實力。何況半導體晶圓代工現在是賣方市場，若非晶片缺稀，知名的英特爾 CEO 會於千里之外前來臺灣喬 3 奈米專線，是在作夢嗎？

我覺得真正的愛國商人台積電創辦人張忠謀的銘言「贏的策略就是讓對手絕望」，先培植獨特的優勢與能力，讓對方知道自己不是好欺負的，才是能打遍天下無敵手的獨門武功。面對擅長玩弄兩手策略、操作市場遊戲規則的基辛格，由於 Intel 的競爭力並不如預期中的表現那麼好，除非其結構性完全改變，否則即使在幾年內努力提升競爭力，也無法超越我們的護國神山台積電。

黃鼠狼給雞拜年與鱷魚的眼淚有什麼區別？還不都是不安好心！但台灣人的良善正面，讓我們就算面對奸似鬼的基辛格顯而易見的惡意，我們也會回以張忠謀老婆的洗腳水！

請傅崐萁別再錯引歷史典故

當初朱立倫的同舟計劃迎回傅崐萁，傅崐萁則回報以「揮淚斬馬謖」、去掉藍皮綠骨。但在四大公投案中的馬謖就是黨主席朱立倫，反倒是堅持集中火力、推動最讓民眾有感議題「反萊豬公投」的林為洲成了諸葛孔明，那麼傅崐萁的揮淚斬馬謖是不是引用錯誤？

元末明初小說家羅貫中所寫、中國四大名著之一的「三國演義」中，收錄關於「孔明揮淚斬馬謖」的故事，敘說熟讀兵法的馬謖因為驕傲自大，導致對蜀漢未來北伐至關重要的街亭被破，諸葛丞相雖偏好馬謖，但國家大義與私人情誼之間，何者為重？處於兩難的孔明，最後選擇正處於危險中的蜀漢國，是以為安撫朝野上下，只得揮淚斬馬謖來換取民心。

朱立倫於國民黨主席選舉得票數碾壓江啓臣當上黨主席，為了立威，將國民黨的反萊豬公投、公投綁大選兩個議題，再納入民間團體的三接遷建、重啟核四，形成四個同意，對決執政民進黨的四個不同意；並將四大公投定位為對蔡英文總統及行政院閣揆的不信任，經過朝野兩大政黨動員全力衝刺，「四個都同意」對抗「四個不同意」，結果在野黨慘遭四個不同意碾壓，執政黨獲得人民信任，可以安心執政。

四大公投的結果讓在野黨主席朱立倫氣煞，他堅不服輸，而此時重返國民黨的傅崐萁引經據典，引用三國演義中「揮淚斬馬謖」的故事，要求去掉藍皮綠骨的國民黨地方二大諸侯、新北市長侯友宜與台中市長盧秀燕，現在公投慘輸，在深藍眼中，就猶如三國街亭失守，整個藍營深陷存亡關頭，為了穩定支持者，不得不用侯友宜與盧秀燕的政治生命贏取黨內的團結！

由完全自由民意選出的地方諸侯，其施政作為當然非黨意所能預期，朱立倫與盧秀燕是以理性看待四大公投，絕非深藍所謂「貌合神離、冷漠旁觀的路人」，朱、盧兩人更非傅崐萁揮淚要斬的馬謖。那麼真正要為四大公投負起慘敗的馬謖，相信大家都知道是誰了？請熟讀章回小說的傳崐萁，別再錯引歷史典故了！

吳宗憲竟要求法官從重量刑

「子不教、父之過」是民智未開的封建皇權的教育環境，當時的教育是「君要臣死，臣不得不死，父要子亡，子不得不亡」，君王為統治政權，操控忠於皇權的腐儒，錯誤解釋儒家話語，違背儒家「父慈子孝、君仁臣忠」的本意，父母應該告訴犯錯的小孩：台灣這麼大，真正最壞的輪不到你，但請你別再犯了；告訴小孩「勤有功、戲無益」！

吳宗憲的兒子吳睿軒（藝名鹿希派），於 2021 年 12 月 26 日凌晨被警方查出抽大麻捲煙，當場遭逮捕，依毒品危害防制條例移送法辦。當吳宗憲面對兒子再度闖禍時，他回應表示，「子不教，父之過，生養教陪，這個是我們為人父母所應該要負的責任」，並提到法律是道德的最基本標準，懇請法官從重量刑。聽了令我捧腹大笑不已，真是他媽媽的三字經！都已經 18 歲以上的成年小孩了，到底懂不懂什麼是「子不教，父之過」？別忘三字經中所說「養不教父之過，教不嚴師之惰，子不學非所宜」指若是孩子完全不受教，試問何來「子不教、父之過」呢？嚴師豈會出高徒？與三字經中的善良的本性彼此都很接近，後來因為生活和學習環境的不同，差異簡直失之毫釐，差以千里越來越大，吳宗憲之子若不再輔以良好教育，善良的本性可能會隨複雜演藝環境的影響而改變，不可不慎！

弟子規入則孝篇中提到，父母呼應勿緩，父母命行勿懶，父母教須敬聽，對應三字經中的「養不教父之過，教不嚴師之惰，子不學非所宜，幼不學老何為」？鹿希派有個知名又有錢的藝人爸爸吳宗憲，照樣有一堆朋友看不起他們，年輕人出門在外遭難時，別以為向你伸出手的是真心想救你，有時只是打個招呼而己，想學會自救，要懂得天太黑如果你不睡，白天或許就是你的黑夜了。

父慈子孝君仁臣忠時代的「子不教父之過」，是暴君把法家權鬥搞愚民之術，卻疏忽現今時代的潮流趨勢走向早已與過去不同，不受教的 18 歲以上成年孩子在外行為父母為何要承擔責任？記住人不學不如物，告訴成年小孩勤有功、戲無益。

國民黨尚方寶劍請放到博物館

國民黨從 2021 年 12 月 18 日四大公投慘敗後，深藍支持者及戰鬥藍主事者急於尋找戰犯洩憤，甚至有人要求黨中央以「漢奸」罪名開除新北市長侯友宜與台中市長盧秀燕，這兩大轄市長代表強大的民意，而國民黨考核紀律委員會靠著薄弱的黨意能揮的動「考紀」這把尚方寶劍嗎？都說了歷史不一定會重演，但總是有驚人的相似！

依國民黨黨章第 35 條之規定，各級黨部均應設置考核紀律委員會，「負責黨政工作之研究設計與管制考核，紀律案件之監察糾舉與審議，暨財務之稽核與審核等事宜」，國民黨中央考紀會之功能，近似於研考會、審計部以及懲戒法院之綜合體，自民國 105 起，考紀會主委多由法律專業人士出任，考紀會從此又兼具國民黨內部法務機關之功能，對違法、違規之黨員可以祭出開除黨籍、撤銷黨籍及黨籍停權之處分，民主國家政黨的黨紀絕非是用來排除異己的工具！

民國 106 年 9 月 1 日撤銷因貪污罪遭判刑的前南投縣長李朝卿黨籍，1995 年 12 月 13 日考紀會主委金開鑫撤銷黨副主席林洋港、郝柏村脫黨參選總統、副總統的黨籍，其中 2001 年 9 月 21 日撤銷前總統兼主席李登輝黨籍最為國際社會注目，另考紀會針對前總統馬英九與前立法院長王金平兩人的政治鬥爭，馬指控王關說司法而對王金平開除黨籍，但王金平向法院申請假處分保留黨籍立委身份，直到第 9 屆立法院王金平非但是國民黨籍全國不分區立委，尚且享有院長禮遇，這豈不是氣死一堆不滿王金平的深藍？政治有什麼是非對錯？

手中握有紀律考核「尚方寶劍」的立委李貴敏，受黨主席朱立倫邀請幹起吃力不討好的黑面壞人工作，相信李貴敏絕對希望國民黨內團結一致、齊心向外凝聚共識，把黨內力量向外擴散充分發揮，但現在面對深藍及戰鬥藍要求國民黨以「漢奸」罪名開除國民黨內最大諸侯侯友宜與盧秀燕，別忘了這兩都佔台灣總人口三分之一，若再加上縣長林姿妙的宜蘭縣，則已經足夠扳倒國民黨內任何派系，未來國民黨的考紀尚方寶劍砍得了民選地方諸侯？敢嗎？不敢上下分崩離析，真砍內心還真瞻前顧後掙扎不已！何況任意羅織罪名的後遺症，將導致黨内人人自危，考紀會將有除不完的漢奸！

過去封建王朝皇帝的尚方寶劍沒有黨意、民意的限制，可以先斬後奏，現在台灣的民主法治自由民選的政治政府，早已從過去的「皇權至上到以黨領政」轉化為「以民意為依歸」的政治作為，黨的尚方寶劍早就應該放到博物館收藏起來讓人觀賞之用，無論黨意民意如何流轉，歷史總是一再重演，且還有驚人的相似！

馬英九綠卡與蔡英文博士學位

蔡英文的博士學位與馬英九的綠卡風波，皆因為「人怕出名豬怕肥」所造成的，朝野政黨皆想利用現、卸任元首之頭銜，進行政治操作、操控，想把政治影響發揮成最大邊際效益。事實上，馬英九與蔡英文皆為國際人士及全國民眾與媒體注目的焦點，任何一點芝麻綠豆小事，都會引起社會觀感及政治蔓延效應。

馬英九的綠卡到底有沒有失効？民進黨地方民代與中央民代緊咬馬在 1977 年已拿到綠卡，且 AIT 發言人又以「基於美國法律保護個人資料與隱私的規定，美國政府沒有立場提供任何資料或做出評論」，拒絕表示意見。馬英九稱 1990 年後自動失效並無法取得質疑者的相信，事實上，如果大家願意回想 2001 年 9 月 11 日美國本土遭到蓋達組織發動的一系列自殺式恐怖襲擊事件之後，美國對持有所謂擁有永久居留權的綠卡持有者出入國採取最嚴格的規定，只要出國超過半年以上即自動失效，即使返美也會在入境證照查驗遭到沒收綠卡。

至於蔡英文的博士學位及論文遭到質疑有問題，其實蔡英文在國外留學取得博士學位到返台於政治大學當教授，相信凡在國外留學取得碩博士學位返台就職、就業，都必須在返國之前，取得台灣駐外使領館或代表處的審核蓋章認證，然後再將經台灣駐外使領館或代表處審核蓋章認證的博碩士學位證，呈送教育部高教司審查通過，這是就職、就業機構機關或公司行號獵取人才的繁雜流程，所以蔡英文的博士學位及論文怎麼會有問題？

當年政治企圖心旺盛的前立委李慶安，本來是被看好的台北市長人選，就因擁有美國籍，成為第一位遭查出隱瞞美國籍而喪失立委資格，李慶安當時仿效馬總統，堅稱其美國籍已自動失效，但兩件事根本風馬牛不相及，她或許故意忘記到美國駐外使館辦理，因此沒有徹底放棄美國籍。真的放棄美國籍，必將美國護照、駕照、公民紙（citizenship paper）及社會安全卡等證件，全部交回美國使館，才算真正的放棄，否則就是欺騙不懂的台灣選民，其實台灣民眾明辯是非的智慧並不是很高！

馬英九的綠卡問題及蔡英文的博士學位疑雲，都是朝野政黨利用意識形態的政治操作、操控，想把影響發揮成最大的政治邊際效益，刻意營造小蝦米對上大鯨魚的政治效應，真的是無恥之恥，無恥矣！這只能怪現、卸任總統被當成肥豬，你認為這時代「人怕出名豬怕肥」有沒有道理？

楊秋興是小巨人還是小巨嬰？

講話語詞結構混淆不清，往往限制我們對這些人的評斷，曾自喻為「南方小巨人」的前高雄縣長楊秋興摻和王力宏與李靚蕾婚變事情，讓外界質疑小巨人現在是不是已經成了「小巨嬰」，心智尚在成熟中，雖未頓化，但時代環境不同早就改變過去政治生態，只有活在過去的八卦政治環境中的人，才會說男性立委高達 8、9 成有八卦緋聞。

楊秋興到底是「南方小巨人」，還是「南方的小巨嬰？」之前楊秋興在毫無預警下突然在臉書喊話「饒過藝人王力宏吧！畢竟他是一位有天份、有才華難得的優秀明星」，並莫名奇妙地爆說男性立委高達 8、9 成有八卦，引發網路抨擊，質疑是「鼓勵大家去亂搞嗎？記得楊秋興當過省議員、立法委員、高雄縣長，對於地方民代與中央民代在議會質詢結束後，夜間娛樂生活多彩多姿，應較一般人更為深入，所以得知立委八卦高達八、九成。

過去資訊不發達，監督民代的第四權媒體更沒有今天這麼多，訊息傳遞也沒有那麼快，地方與中央民意代表的緋聞、八卦絕不下於聲色犬馬的演藝圈，想在花天酒地的民意代表與聲色場所的演藝圈中，找出幾個真正的「出污泥而不染」，可說絕非易事，何況藝人與民代背後，都暗藏著深不可見底的暗黑陰影籠罩著？與政商關係盤根錯節的地方民代與中央民代或演藝工作人員，檢警調避之唯恐不及！

現在立法院有立委 113 席，若楊秋興所言屬實，那麼八成為 90 席、九成則為 101 席的立委，都曾有男女情感交錯的緋聞及花天酒地吃喝嫖賭的八卦案件，當初楊秋興曾痛批前高雄市長韓國瑜「恩將仇報、不厚道」、「小三、酗酒、夜店」等，每天過著花天酒地吃喝嫖賭樣樣來的酒空生活，卻遭人質疑「求官不成挾怨報復」，高雄人看在眼裡，深藍支持者卻完全明白楊秋興到底要什麼？現在針對 113 席立委暗批立法院的陰暗角落，其目的為何真讓人摸不著頭緒？

過氣的政治人物為什麼喜歡蹭社會熱度？因為永遠忘不了政治上所帶來的種種特權，撕不開面子，解不開情結，小巨人楊秋興真成了心智尚未成熟的小巨嬰嗎？他或許忘了說真話的最大好處，就是不必記得你都說些什麼，有人說「和大怨必有餘怨，安可以為善」！

讓人大開眼界的「顏市長盧秘書」

事實勝於雄辯，抹黑、造謠中傷請顏寬恒應提出有力的證據反駁外界的質疑，記住經不起考驗的國會議員是可憐又可悲，更可笑的是，顏寬恒從來不針對外界質疑做任何回應，還說什麼「做事，不必講幹話」，還強調自己不會害怕，心中有理想就不怕被摧毀，身邊有鄉親就不會被打敗，「顏市長盧秘書」之作為驚醒中二選區的選民，顏家一見利端便起爭奪之心，一聞可欲即生貪鄙之意，損人利己終被打敗！

每當我擦清眼鏡努力仔細地看到顏寬恒的競選 slogan「做事，不必講幹話」及他講的希望讓選舉主軸和重點回歸「做事」而不是流於口水講幹話，我真的笑了好幾天，台中市民也笑了，全國民衆在「中二立委補選」中看到林靜儀醫師與顏寬恒的選舉所說的娛樂性選舉對話都很開心笑翻了，這一場區域立法委員補選搞得好像全國都在打選戰炮聲隆隆熱鬧非凡，害的我們全國人民的臉上增添了不少深度皺紋，因為大家天天都在笑！

台中市就是我顏家，因為全家就是我家，政治權勢薰天的顏家勢力讓民選的台中市長盧秀燕不得不禮讓顏家八分、恭敬九分來表達對顏家的十分禮遇，在台中市凡與顏家有關之大小事盧秀燕盡百分之百的力量完美配合，絕不會是盡一份心力而已！台中所有市民的公眾權益竟完全不如顏家的利益，難怪全國各界皆認為顏家之前在盧尚未當市長還算有點收斂，盧秀燕正式上任台中市長之後，台中顏家勢力竟然發生翻天覆地的變化，公權力遇到顏家真的會轉彎，耳聞眼視皆有事證，顏家五代綿密的政商聯結，讓台中政治環境瞬間變化早已主客易位，盧秀燕在顏家眼中充其量僅是一位隨行秘書！我們的市政府不見了，顏寬恒亦落選了！

如果顏寬恒將「老人與海」改為「我與台中」則更貼切些，每次看到政治人物的言行舉止都感覺到為什麼我們就是無法跟上他們的腳步牟取暴利過著紙醉金迷的豪華生活？為什麼每次看到政治人物在政治舞台上張牙舞爪時，我就覺得對不起知名歌星李憶蓮呢？是因為不屑？還是無恥呢？真的有錢能使鬼推磨嗎？那麼那個萬惡不赦難以赦免的討厭鬼是誰？你知我知落選了，力挺的盧市長讓黨主席被同志譏諷為「輸綠倫」，那麼未來中二選區之鄉黨隣里未有不譏誚而橫議，無窮之怨惡自此而始莫大之過咎！

市長當到變秘書真是滑天下人之大稽，諷刺的很呢？講幹話不做事，眼中看到的全是自家的利益，基層的平民百姓的權益呢？一時的選舉悲情化解的了顏家五代政商緊密聯結嗎？想一想一念雖微所害甚大，罪莫大於可欲，禍莫大於不知足！落選令人寢食難安，回頭是岸。

顏寬恒家族被養套殺

顏家的人算不如天算，其所有言行舉止，除已經引起人神共憤外，連神佛對顏家侵佔公共利益的保護區、國有地及其他的不法行為痛恨不已，顏家常懷不足之心捨其自具之足，甚而貪多不己，天降禍辱已隨之而至，其機關算計太聰明，卻忘了天有不測風雲，人有旦夕禍福嗎？時機到了媽祖婆也懂得祭出養套殺！

顏寬恒到投票之前，花大把大把鈔票所下的電視廣告，應該是顏家自有選舉以來歷年之最吧！連顏清標都頻頻出險招，副議長顏莉敏更以捷運站計劃案痛批前台中市長林佳龍，遭起底的點石成金術，真的令台灣民眾嘆為觀止！罷免基進黨前立法委員 3Q 哥陳柏惟，只為意氣風發地高調參加台中第二選區補選奪回立委，從未曾受煩惱、慾望等折磨之人，酒池肉林象箸玉杯皆為一念之欲，豈能輕易親證涅槃！

中國自改革開放以來對外招商常以土地供應、免稅優惠及配合投資者所需，其背後真的目的是整套的「養套殺」手段來對待廠商，當它取得關鍵技術，不需要你了，就開始查稅、逼退，也即是所謂的「先招商投資養商再利用投資者投資金額到位，正式營運逐漸商轉賺錢套住投資者，等到技術、設備全都被中國取得後，就以「查稅、逃稅、漏稅、補稅」等手段祭出「殺字訣」逼退外商。

不要以為只有中國共產黨最懂得養套殺，其實佛性的媽祖婆更懂得什麼才叫「真正的養套殺」？媽祖婆從顏清標當里長開始養顏清標當上台中縣議員、議長、省議員，直到顏寬恆繼承立委進軍国會，當顏寬恒競選連任時敗給從外地空降的陳柏惟，遭到緊緊套牢了，為了解套發動罷免陳柏惟，雖然罷免了陳柏惟，卻惹怒了媽祖婆，我們常說「惡有惡報，不是不報，時候未到」，顏寬恆落選就是媽祖婆祭出養套殺的最後一道手段了！

別以為只有中國共黨產政權最懂得「養套殺」，其實佛心滿滿的馬祖婆更懂得「養套殺」，凡做事遵循自然規律之人知足常樂必有福報，反之因物欲交攻私欲橫起迷失本性，此次中二選區立委補選，見證了媽祖婆於關鍵時刻祭出「養套殺」，真所謂「善有善報惡有惡報，不是不報時候未到」！

失魂落魄的黨主席

一個失失魂落魄政黨的黨主席，心中還懷著「率土之濱莫非王土、普天之下莫非王臣」，卻忘了黨內有志之士憂慮再不團結將被團滅，國民黨現在面臨振興奮起或泡沫消失的關鍵時刻，不知黨主席朱立倫有無意識到選舉輸贏與國家機器、政治追殺沒有什麼關係，而是政治貴族拒絕主流民意的支持，老是站在主流民意的對立面與之抗衡，錯不在朕躬？

經過香港反送中遊行示威抗議活動的種種事件的後續效應影響之下，台灣的年輕人現在最怕的是中國無日無夜的武力統一台灣的文攻武嚇強大威脅，導致 40 歲以下的年輕人皆認同台灣最大黨竟然是「討厭共產黨」，執政黨反而是獲取選舉政治紅利的民進黨，而過去一向都主張「反共抗俄」的國民黨到底將來走向如何？卻完全無法吸引一般民眾的熱情，更別提關注了，難道錯在朕躬？

中國國民黨過去是台灣主要政黨之一，現在是最大在野黨，依立法委員席次是立法院第二大黨，過去政治主張為「反帝、反軍閥」、「反共抗俄、殺豬拔毛」到江啓臣主導國民黨期間，呼籲中國政府不可借台獨逼商、不應專斷處理 COVID-19 與香港反送中運動、應放棄對台武力威脅，政治路線則改走「親美和中、反共不反中沒有中華民國就沒有九二共識」、拒絕中國的一國兩制推動中美復交和美軍協防台灣，自朱立倫取代江啓之後，歷經三推公投、中二選區立委補選、罷昶公投為止，我們都還不知道他的政治主張是什麼「挖歌」？

近日退輔會和救國團舉辦前總統蔣經國逝世 34 周年露天音樂會紀念上主委馮世寬大力讚賞蔣經國的貢獻，民進黨籍的退輔會副主委李文忠高喊民進黨對偉大的歷史人物要有公允的評價，完全肯定蔣經國對台灣的貢獻功不可沒，並直接殖入「反共，革新，保台」等概念，記得 2020 年 2 月參選國民黨主席的立委江啓臣曾說，目前有黨權的 40 歲以下黨員有 9,122 人僅佔總數 3.16%，為什麼長期以來年輕人不喜歡這個黨？因為國民黨除了高幹子弟外，從來不栽培年青人，還談什麼機會！

國民黨早該拋棄「率土之濱莫非王土、普天之下莫非王臣」的封建帝王思維，別再搞「內鬥內行、外鬥外行」的宮廷劇，更別為選輸找理由，黨籍執政縣市首長遭司法檢警調介入調查前後，司法尚未判決之前，強以政治追殺、國家機器來形容，將引發民眾反感，輸綠倫已非正常輪，恢復原版朱立倫真是難上加難，何況反不反共，國民黨都陷入左右為難進退失據的尷尬境界！

顏家可為張家的前車之鑑

有史以來競爭最激烈的台中第二選區立法委員補選，由林靜儀醫師力抗地方政治家族代表的顏寬恒，終場由林靜儀勝出當選，緊接著讓台灣唯一尚存最後最強的地方山頭政治派系勢力的雲林縣張榮味家族開始緊張，畢竟兔死狐悲物傷其類！顏張兩家族地方政治初始雖不可擋，不義終顯強弩之末，自盤古開天闢地以來沒有不亡的朝代，更沒有不墜的家族，何況台灣政治！

過去無論朝野政黨如何評價馬英九執政時期的功過，但對於馬英九真心努力地想方設法擺脫地方山頭政治派系不遺餘力是值得大家給他按一萬個讚的，馬英九的政治潔癖有目共睹，卻完全不受朝野政黨的地方派系政治人物所青睞，為什麼會如此呢？因為擋了很多很多政客的橫財之路，足見「正義放兩邊、利益擺中間」的政治圈難容馬英九的清廉思維，才會發生 2013 年 9 月的「總統兼任黨主席馬英九與立法院長王金平的政治鬥爭事件」，政爭中爆發出多項重大疑案更讓好奇民眾浮想聯翩！

早期台灣政治上有北中南三霸，政治勢力都曾經威脅到國民黨執政當局之威信，最先是有「南霸天」之稱的前高雄市長王玉雲，在南部可說是「喊水會結凍」，其子王志雄、王世雄皆當選立委，一門三傑是在地最有權勢的政治家族，卻跟著流行風潮硬辦起與自己完全外行的中興銀行，栽在貸款弊案上，從此中道崩潰下場淒涼。

而「中霸天」楊天生於李登輝執政時期，更是紅極一時的紅頂商人權傾朝野，卻為了讓自己的兒子楊文欣參選省議會副議長，不惜與當時的總統李登輝翻臉決裂，之後政商實力雖一時如日中天不可一世，但苦嚐政商勢力嚴重衰退而一蹶不振，真的是標準的忘了「我是誰」的速起速落的紅頂商人從政之典範人物。

「北霸天」源於早期台北縣的板橋鎮長劉順天，刻意栽培兒子劉炳華當選立委、大兒子劉炳偉當過末代省議會議長，精省前權傾一時，精省後逐漸家道步入中衰，喪失過問政治之實力。這些曾經的風光，足為現代自牟私利的政治家族的榜樣。

顏家的今天，難道不是現在尚存地方政治山頭派系的明天嗎？請別再說什麼政治追殺、國家機器打壓，畢竟這些政治家族的所有政治能量，都來自於選民所託付，負有監督國家機器的強大壓力，本身可能也擁有啓動國家機器鑰匙的秘密，有誰敢追殺政治家族？朝野政黨若未針對弊案連連的政治家族指手畫腳、說三道四，相信會遭民眾檢舉或司法檢警調單位介入調查。這些曾經權力薰天的政治族群，應該明白為什麼，何不適可而止，否則禍延子孫之日不遠矣！

台中顏氏政治家族之崩跌，足以為台灣最後最強的地方家族山頭政治派系的雲林縣前縣長張榮味家族警惕，所謂「文起八代之衰，而道濟天下之溺」，其禍必來自於蕭牆，初雖勢不可擋、勢如破竹，實則師老兵疲、罷夫羸弱，早顯強弩之末！事已至此，朱立倫多言無益，何不展現黨主席之高度？

他是 Trick-or-treating 的市長

當他二屆市長即將屆滿之際，實在捨不得離開新竹市長的職位，唯一能夠改變任期的方式唯有合併縣市成為直轄市，那就可以再競選直轄市長，再幹個 8 年，只要將地制法修成量身定做的「帝制法」，那就可以毫無限制地繼續做到地老天荒，豈非貪饕多欲之人漠瞖於勢利誘慕於名位，是以天下時有盲妄自失之患，他是 Trick-or-treating 的市長，不給糖果就搗蛋！

依「地方制度法」第 7-1 條規定，內政部基於全國國土合理規劃及區域均衡發展之需要，擬將縣市改制或與其他縣市合併改制為直轄市者，縣市政府得擬訂改制計畫，經縣市議會同意後，由內政部報請行政院核定之。行政院收到內政部陳報改制計畫，應於 6 個月內決定之，之後等內政部收到行政院核定公文之次日起 30 日內，將改制計畫發布，並公告改制日期，所以符合合併改制直轄市條件的過程要經過 1、2 年，何況不符條件的新竹縣市，非但要經過立法院修法三讀通過，再依地制法第 7、7-1、7-2 及 7-3 條等條件規定深入研究、探討、區分，這與林智堅選不選完全沒有半毛錢關係！

即將卸任的林智堅說，推動新竹縣市併與地制法修正的過程，就像一面照妖鏡，讓所有妖魔鬼怪一一現形，砲轟朱立倫沒有權利也沒有資格，為了黨的利益而阻礙竹竹合併升格，卻在輿論關注的強大壓力之下才悻悻然抽回，國民黨痛批民進黨團想利用臨時會闖關地制法的作為是雞鳴狗盜，柯建銘為一人綁架整個立法院，國民黨團也宣示，將盡一切力量阻擋「一字之亂」把關到底，不容質疑決心，執政黨任一人之能，不足以治三畝之宅也，國民黨團堅持作為值得肯定按讚！

或許林智堅是民進黨有史以來，少數從國民黨手中取得執政權，且快做滿二屆而志得意滿之人，自認是「國王的人馬」且青年才能深獲蔡英文的寵愛，就可以左右台灣的任何法律授權，將法律視為手中的玩物，想怎麼玩就怎麼玩，忘了法律之前人人平等嗎？讓我突然想到一個被驕寵慣的市長，不見得比要糖果吃的小孩來的有禮貌！所謂知慮為治者，苦心而無功矣！何況不因循常規常法者，是故好事者未嘗不中，爭利者未嘗不窮也。

若依地方制度法的規定，新竹縣市合併完全沒有符合條件，若硬是依林智堅強勢表現非合併升格為直轄市，那麼比新竹縣市更有資格的呢？現在破壞法律的完整性，未來難保台灣不會發生「都來都去」的窘境，或許林智堅太在乎「市長」職務，而忘了貪饕多欲之人漠𣈶於勢利誘慕於名位，時有天下盲妄自失之患！怎樣我就是 Trick-or-treating 的市長，帝制法又如何？

史上綽號最多的黨主席

史上稱號最多的中國國民黨黨主席朱立倫，卻也是歷年來最沒有人氣的領導人物，從罷免 3Q 哥陳柏惟、中二選區立委補選、罷昶案後，民調聲勢一路下滑，沒有止跌回升現象，現在別說指望 2022 年九合一大選，還奢談 2024 年二合一選舉重回執政，朱立倫之所有言行舉止，猶如「天下有道卻走馬以糞、天下無道戎馬生於郊」！充其量當個蹩腳黨主席。

口號喊的震天作響要有實際作用，才有希望挽回重返執政之頹勢，回顧前黨主席吳敦義也曾天天高喊重返執政，直到今天令不出黨中央，黨內派系凌亂難以整合，事權無法統一，早已是「一個人一把號各吹各的調」，何況國民黨中央與黨籍縣市諸侯，根本是兩條平行線，永遠不可能有所交集。

黨中央的政策目標難以下達地方，就算下達地方，地方也是各行其是，完全敷衍塞責了事，這一切說明黨中央的氣勢威信太過於單薄，難以讓地方諸侯信服，加上黨中央缺乏經濟財政的奧援，對於需求孔急的地方在九合一大選各種候選人的選票助益不大！

朱立倫雖擁有 2022 年九合一大選縣市長、議長代表的提名權優勢，在政治聲量、聲勢上反不如韓國瑜的韓粉及趙少康的戰鬥藍，更別提處心積慮想要「白藍合」的民眾黨主席柯文哲虎視眈眈要染指分食國民黨現有政治版圖。此時此刻竟然還有黨籍資深政治人物毫無政治危機意識，一再倡議「藍白合」，試想一下，長期以來台北市向來都是藍大於任何政黨顏色，除了「三腳督」或選民討厭國民黨，導致國民黨市長候選人敗選外，基本上台北市選民結構，對國民黨是具有絕對優勢的。

史上最悲情的黨主席朱立倫，當年可是國民黨內少數幾位青年才俊的政治明星，歷經立委、縣長、行政院副院長，然後再空降新北市參選市長，整整當了兩屆新北市長，又來回兩度當選黨主席，隨著政治光環的變化，外號也從正常倫、氣度哥、邊緣倫、剪綵哥、Protect Chu、政治精算師、朱隊長、紅統倫一路到輸綠倫，直到國民黨早期被在野人士戲稱為「車輪牌」的黨徽，都快要不見了，還在搞鬥爭，難怪事權難以統一，談什麼重返執政！

從罷免陳柏惟、中二選區立委補選、罷昶案後，朱立倫的領袖氣質及威信，隨民調聲勢一路下滑而萎靡不振，即使為了重整國民黨過去的榮耀四處奔波，依舊遭人指著鼻子冷嘲熱諷，若無以塞覬覦總統大位之良策，又如何杜絕橫拜？當個整腳黨主席重返執政談何容易！

中油史上最貪是怎麼形成的

很難想像徐漢從一路刻苦勤工儉學完成高中學業，進入中油公司當實習生，再從基層一路爬升到相當於副總經理的執行長高階主管職務，是真正台灣中油公司決策核心人物之一，竟然遭爆貪瀆 2,700 萬元，此貪當真是人心不足蛇吞象，與他當年窮苦時畫餅充飢自欺人的日子，簡直是天堂與地獄之間的對比距離！

台灣中油在還是中國石油時期由高雄煉油總廠、苗栗台勘總處及台營總處組成的龐大的國營事業，直到陳水扁當選總統直接任命陳朝威接任董事長並將中國石油變更登記為台灣中油，同時將事業版圖橫跨石油、與天然氣的探採、煉製、產品行銷等完整供應鏈的高雄煉油總廠改為煉製事業部、苗栗台勘總處改為探採事業部及台營總處改為油品行銷事業部等十大事業部，導致過去中油龍頭的高雄煉油總廠的龍幫逐漸式微，由當時總經理潘文炎的企幫興起取而代之。

過去中油公司的董事長、總經理幾乎都是來自高雄煉油總廠的龍幫，隨著政黨輪替中油公司的董事長、總經理也發生翻天覆地的變化，連中油的三大廠處都被改制為十大事業部，過去的高雄煉油總廠的重要性深受遷廠等種種政府政策的變化，而逐漸由油品行銷事業部取而代之，受到台灣經濟發展的影響油品行銷的重要性早就超越所有事業部，中油企幫也隨著改制台灣石油更加羽翼漸豐，成為內部最大最重要的一個結構性團體，也是台灣中油所有事業體的骨幹，而由潘文炎所帶領的「企幫」也隨著第三輪的政黨輪替蔡英文政府執政而銷聲匿跡！

當年徐漢唸高工時正逢中油與雄工建教合作，從中油高雄煉油廠的學員契約工做起逐步從操作員往上爬，於取得中山大學材料科學碩士學位後歷任課長、經理、大林廠副廠長、總公司公關處副處長、大林廠廠長，直到 2019 年，高升中油十大事業部的煉製事業部執行長，竟然遭檢廉辦案人員搜出涉貪賄金額 2,700 萬元，徐無法交代來源，遭橋頭地檢署承辦檢察官向法院聲請羈押禁見，這才震驚所有認識徐漢的人，一個很不容易從契約工爬到執行長 「油人楷模」因貪毀掉一片大好前程。

從契約工爬到執行長「油人楷模」的徐漢絕非是涉世未深的貪婪，而是現實社會上的「人心不足蛇吞象，世事難了螂捕蟬」的慾壑難填，更非世事紛繁複雜人心險惡難測勾心鬥角爾虞我詐機關算盡的恩恩怨怨，其禍在於不知足，誠為「耆慾深者天機淺」戒之，戒之！

周星馳與葉毓蘭

周星馳的無厘頭搞笑演出，其實就是真正人生的表現，也是基層百姓生活的樣貌，反倒是靠選舉取得政權的朝野政黨的種種無厘頭政治秀，根本無法表達對選民的任何心聲與關懷，除非涉及政治人物個人利益或政黨既得利益，真是人心不同各如其面，同樣是無厘頭，你喜歡哪一個？

周星馳的無厘頭電影中男女主角對話、對罵、對鬥的誇張表情、更甚的是下流不文明的動作，往往觸動觀眾的神經，但至少達到無傷大雅地自娛娛人娛樂大家，輕鬆一下有益心理及身體健康，不若政黨政治人物的惡言相向的無厘頭政治亂演秀不良示範教壞大小漢仔，且製造國內的社會衝突完全無助於族群和諧共存，反倒嚴重激盪強化統獨意識形態的對立。

基層民眾的言行表現沒有來由無明確的目標，做事情不分主次，語言表達鄙俗任意、顛三倒四、莫名其妙，並不是完全不存在道理的，周星馳在他所編導演出的電影情節中男女主角對話、對鬥、對打戲碼內容，簡直將簡單生活的酸甜苦辣觀察入微，盡顯人心不同各如其面，人來求我三春雨，我去求人六月霜的辛酸血淚史！

再看看朝野政黨無厘頭的政治秀，以國民黨籍全國不分區立委葉毓蘭於 2021 年 12 月 6 日針對補選、公投政治偵辦邀集法務部報告，遭民進黨團總召柯建銘質疑是為了顏寬恒施壓檢察機關，公然違憲，民進黨立委提出散會動議，葉毓蘭竟以「肚子痛」為由突然宣布休息不處理，葉的言行表現沒有來由，無明確的目標，做事情不分主次，語言表達鄙俗任意、顛三倒四、莫名其妙，因為是在野黨並非沒道理，卻無厘頭的令人難以言喻！

同樣是無厘頭，政黨政治的言語可以隨心所意地拼貼歪曲，愛恨情仇任意發揮，真情指數抵不過血淚交織，完全顛覆日圖三餐的尋常百姓「人來求我三春雨，我去求人六月霜」的直白思維！

朱立倫的黨內敗類說

當國民黨主席朱立倫於黨務幹部共識營中直言現在想 2024 的都是黨內敗類、罪人，讓我想到癩蛤蟆想吃天鵝肉錯了嗎？為什麼國民黨內還有一股停留在「龍生龍鳳生鳳，耗子生的兒子會打洞」的傳統觀念？難道黨內群雄並起競選

2024 年總統大選不是好事？有競爭才會進步，何況想重返执政最缺欠的是「打虎親兄弟，上陣父子兵」，朱之論述上不通九天，下無貫九野，是故欲剛者必以柔守之，欲強者必以弱保之！

癩蛤蟆想吃天鵝肉錯了嗎？癩蛤蟆有遠大目標想要吃天鵝肉是很好的學生正面教材，為什麼會扭曲成對一般人的負面影響？非將癩蛤蟆想吃天鵝肉比喻為人沒有自知之明，一心想謀取不可能到手的東西，甚至惡指條件不佳的男性想要追求條件好的女性，試問有那個軍校生不希望將來升將官、有那個警大生不當高階警官、又有那個公務人員不想當大官、做生意的那個不想賺錢發大財、俊男美女誰不想互相嫁娶？誰又能限制政治人物不想發揮企圖心參選總統？

所謂「打虎親兄弟，上陣父子兵」，喻指父子兄弟之間無論遭遇任何的景況與挑戰，都能彼此信任、相挺，朝著目標邁進的休戚與共情感連結，國民黨一再高喊重返執政，怎麼會發生想參選 2024 年總統大選的人是黨內敗類、罪人呢？别忘了想打江山贏選戰須團結強大黨內外所有的力量打贏選戰，等取得政權坐江山重返執政，再從社會群體中尋求治理國家的人才，所以打江山靠的是謀略武力與坐江山治理國政之文人團隊完全是不一樣的層次，難道百年政黨凡有遠大目標的政治菁英想爭取參選總統大選的人非得被定位為「黨內敗類、罪人」！

有意爭取台北市長選舉的國民黨立委蔣萬安指出，國民黨若拿不出讓外界眼睛為之一亮的改變作為，讓年輕人持續認為國民黨是不友善的政黨，這樣的趨勢只會繼續惡化，這是目前臺灣的政治現實，何況過去傳統的「龍生龍鳳生鳳，耗子生的兒子會打洞」的想法早就改變了，相信蔣萬安已經看到國民黨內的內鬥危機已經危及 2022 年九合一大選，更直接影響 2024 每二合一總統立法委員選舉的勝負輸贏問題在哪裏？當朱立倫口出「現在想 2024 的都是黨內敗類、罪人」時，強力堅決支持國民黨的支持者難道心中不會浮現「恨鐵不成鋼、朽木不可雕」來表達內心幾近崩潰邊緣之嘆！

國民黨現在最缺欠的是「打虎親兄弟，上陣父子兵」，朱之論述上不通九天，下無貫九野，是故欲剛者必以柔守之，欲強者必以弱保之！其心中尚存「2024 年非我莫屬」，此種「順我者昌、逆我者亡」的封建王朝統治思想，怎麼會在民主法治社會的最大在野黨裡發生？希望朱立倫記得用一首歌名「我很醜但我很溫柔」來看待所有黨內同志、黨外支持者！

馬英九與趙高

記得前總統馬英九在任時曾為宣傳兩岸服務貿易協議與國際經貿，於接見外賓時舉台灣與紐西蘭都生產鹿茸為例，把鹿茸解釋為「鹿耳朵裡面的毛」，足以類比秦朝大臣趙高指鹿為馬，若以今天臺灣政治人物的異常怪異言行舉止勝於顛倒黑白、混淆是非，此心物之為害，遠勝於洪水猛獸，以今天的科學理論言之麋鹿似馬，指鹿為馬將限制所有聰明人的智慧、智商！

鹿茸到底是不是鹿耳朵的毛？與指鹿為馬又有什麼連接？前總統馬英九任內接見國際獅子會新任領導幹部談及台紐簽署經濟合作協定生效後貿易額大增七成三，他突然說到紐西蘭的鹿茸是鹿耳朵裡面的毛，當場笑翻一堆人，馬的目的是為宣傳兩岸服務貿易協議與國際經貿，而秦朝大臣趙高指鹿為馬的目的是為了意圖謀反叛逆試試朝中群臣是否順從他的意志，其實馬前總統與趙高都有一個想法就是強烈表達自己的意志，至於是非對錯其實也就真的沒有那麼的重要了！

指鹿為馬的字面意思是藉以展現自己的威權，有時也用來比喻故意顛倒黑白、混淆是非，凡讀過華夏王朝歷史的都知道秦始皇以武力討伐楚、齊、燕、魏、趙、韓等六國統一華夏中原，卻崩殤於途中，當秦始皇車隊從直道回到咸陽發喪，秦朝大臣趙高等人為掌朝中大權矯詔立始皇幼子胡亥為帝是為秦二世，意圖謀反作亂的丞相趙高為試群臣是否順從己意，當著胡亥面指鹿為馬試問群臣，秦二世笑說，丞相怎麼會把鹿說成是馬呢？當問及左右大臣大都緘默不語，或言馬以巴結順從趙高，其實春秋戰國時期有一種動物與馬的體形、樣貌類似的麋鹿，不知指鹿為馬的鹿是不是麋鹿！

或許說了大家都不相信，記得二戰結束後，日本是世界上有名的盜版王國，什麼東西都能用盜版取代真品，直到日本正式進入工業化產業製程研發的進步發展中國家，成為經濟增長速度最快的國家才洗脫盜版王國之名，有錢有閒的日本人開始養起寵物，都市化的日本早就分不清豬狗貓到底有什麼區別！日本就曾有人牽著一隻豬在東京市鬧區逛街作實驗，試問小孩這隻動物是什麼？雖有少數回答正確，卻有很多小孩回答比較胖的「狗、貓」，試問沒有看過的禽獸，誰知「禽獸」是什麼？

政治人物嗜好於貪、嗔、癡、愛，不離「指鹿為馬、鹿茸耳毛」之權慾爭搶致使靈明埋沒，元神無法就位於大中至正的至善寶地，導致思想偏差、行為怪異、情緒失控，此謂「馳騁於是非之境，而出入於百事之門戶者也」！

美豬是肖豬肉？

美牛、美豬到了台灣就變成最大在野黨的國民黨主席朱立倫的「毒豬、瘋豬肉」，可是美國在台協會台北辦事處處長孫曉雅卻說美國豬肉安全、美味且可口，美國有嚴格與可靠的食安檢測系統，歷史超過百年。孫曉雅更強調自己本身吃美國豬肉，也讓自己的孩子吃美國豬肉，美國豬不但安全、美味而且可口」，所以她鼓勵台灣消費者多多享用美國豬肉。

之前馬英九執政八年也支持萊豬、萊牛進口台灣，現在卻全變成朱立倫口中的毒豬？政黨輪替後的國民黨怎麼會前後態度不一樣呢？難道是美牛、美豬吃的飼料有萊克多巴胺所造成的嗎？見鬼了，根本不是這樣，是為反對而反對！

台灣的政黨真的那麼在乎食安問題嗎？將食用美豬的問題進行公投轉化激烈的政治問題，這將影響台灣加入CPTPP，更影響台灣未來在太平洋國家貿易關稅豁免特權，好好看看美歐聯手影響 32 國取消對中國的關稅優惠。

看來看去朝野政黨美豬爭議，簡直是亂搞又胡說八道，他們心中有人民嗎？根本是鬼話連篇！

（CPTPP 全名為跨太平洋夥伴全面進步協定，縮寫自「Comprehensive and Progressive Agreement for Trans-Pacific Partnership」，成員國包括日本、加拿大、澳洲、紐西蘭、新加坡、馬來西亞、越南、汶萊、墨西哥、智利及秘魯等 11 國在內）

九斗九生命　湊成一石要生病

用諺語的「九斗九生命，湊成一石要生病」來形容 12 月 18 日的台灣四大公投案，最為貼切。

1218 公投四案，國民黨信誓旦旦說要辦 1218 場公投演講，從 11 月 1 日開始算起 1218÷47= 25.9，每天大概要辦近 26 場演講，民眾都在問可能嗎？試問誰來辦？動員經費誰來出？ 1218 場場地選在那裡？現在朱立倫改口公投議題中的反萊豬、公投綁大選是黨提出來的政策，也攸關全民的權益，至於後兩項重啟核四公投、三接遷離公投，是民間團體推動，這不是自打嘴巴？為什麼前後立場有如此之大？

台灣目前最大在野黨黨魁朱立倫，強勢主導 12 月 18 日的四大公投案為重啟核四公投、三接遷離公投、反美豬公投、公投綁大選，這種朝野政黨及所有有意為民服務的政治人物皆想利用公投為提前，為 2022 九合一選舉操兵沒有什麼錯，唯一的錯是表面藉口是為民服務，其實都是為政黨利益及政治人物擴大私人的地方勢力極大化的藉口，難道不是唯恐天下不亂？

確實攸關所有台灣人民未來發展的四大公投案，絕不能像平常大家練肖話、說鬼話，成為無聊的基層市民茶餘飯後的隨意話題！真的是「九斗九生命，湊成一石要生病」。

中國強國夢已到夢醒時分

強大的中國早已不是發展中國家，因此無法享受 32 國關稅優惠，這也印證世情看冷暖、人面逐高低的國際政治現實。

中國海關總署發布公告，由於歐盟及英國在內等 32 個國家已不再給予中國「普惠制」關稅優惠，因此從 12 月 1 日起，不再給予輸往這些國家的貨物，簽發普惠制原產地證書，但還是有挪威、澳洲與紐西蘭保留給予中國普惠制，其中最值得關注的是對中國充滿深沉敵意的澳洲。

隨著中國 2002 年 1 月 1 月加入 WTO 後，經濟的飛速發展和人民生活水準的不斷提高，中國早非低收入或中等偏低收入經濟體，當然不能再享受發展中國家特殊差別化待遇的關稅優惠，因此歐盟等多個國家在近幾年，陸續宣佈取消給予中國普惠制待遇。

有濃厚強國夢的中國，為什麼面對關稅優惠願意服低認小？主要是為中國牟取最大的國際貿易經濟利益，但面對美國、歐盟及日本這些經濟體與中國不相上下，卻無法像中國一樣享受關稅優惠，這種神鬼差別簡直是天堂與地獄的距離！

被列為高收入國家的中國，遭歐盟及美國等 32 個國家不再給予關稅優惠，印證世情看冷暖、人面逐高低的國際政治現實，強國夢要如何美夢成真？或已到夢醒時分了？

「慶記之都」與「棒球之都」

向黑道宣戰是政治笑話？海神三惡煞是自甘墮落？抑或是年少輕狂？一般情形在社會上逞凶鬥狠，動則虜掠搶奪惡事幹盡之兇嫌絕對是自甘墮落，卻在藍綠統獨政治庇護下成為年少輕狂，這種政治鬼話還是有很多選民予以肯定，你說社會治安好的起來，見鬼了！

藍綠對立的政治環境下，兩大政黨均為了政治利益，選擇性地轉換立場，為了替黑金政治找藉口提名有前科的頑劣社會更生人參選民意代表，好的更生人積極向善回歸社會展開新生，而惡性難改的更生人往往利用機會參選洗白禍害國家社會的穩定性，現在有人已經命在旦夕，朝野政黨到現在還在向選民說「Hello」！

蔡蒼柏任台中市警察局之後，各種暴力行為全部浮出枱面，讓台中市從「慶記之都」轉化為「棒球之都」，台中市政府所謂的「向黑道宣戰」，現在成為台中的笑話！難道這些逞凶鬥狠的惡劣不良青少年都有著錯綜交纏的政商緊密的政治關係嗎？真能做到斬草除根嗎？有誰相信？

具刑事專才的蔡蒼柏曾擔任刑事局長，警界皆認為他的歷練完整、又擁有良好的溝通協調能力，黑白兩道基本上應該都會予以尊重台中市治安首長蔡蒼柏面子才對，敢在太歲爺頭上動土，豈不是大水沖倒台中市警察局這個龍王廟嗎？為什麼凶殺案一件一件地發生呢？試問盧市長何時到台中市不須準備鋼盔、防彈背心呢？

台中海神悪煞案、棒球砸車案導致台中市從「慶記之都」轉化成為「捧球之都」，若在沒有政商的政治影響之下，媽媽市長盧秀燕請妳告訴我們，這些青少年的行為到底是自甘墮落，抑或是少年輕狂？向黑道宣戰真能將黑道徹徹底底連根拔除嗎？

政治官場的淒美愛情劇

中央流行疫情指揮中心醫療應變組副組長王必勝小三事件、陳時中部長 KTV 喝酒事件，以及立委王定宇與顏若芳之緋聞事件，都令人感嘆「人生難逢開口笑，富貴榮華總是空」，紅杏出牆的結局，總是淒美浪漫的愛情悲劇。

官場上財色互映是人為的政治操作嗎？政治場上有人貪財、有人好色、有人爭強好勝，愛財者未必是庸才，好色者未必不正直，爭強好勝者又未必大度，人都有性格弱點及不足之處，有很多圈外人往往自以為深入圈內事，認為官員貪財好色等腐敗行為都會認為無能之輩，對於心目中的清廉官員之評價往往是能力過人正直善良無欲無求。

別讓貼著「清廉公正官員」標籤所欺瞞，事實上，有些色鬼很有普世情懷，卻很善良，有些貪財者，能力反比一般人好；反而正直的領導，有些地方不那麼寬容大度，甚至有時還會斤斤計較，對權力欲望並不比貪官低，猶如事情多樣化，人性同樣是多樣化，所以說一種人一種秉性，不一而足。

政治上的財色緋聞事件不一而足，皆是為了達成個人政治目的操弄男女財色糾紛，唱個歌沒什麼大不了，主要是陳時中極有可能參選六都市長，以及部長職務參雜黨內人士私下激烈互相爭奪，且動作頻頻，看看誰最想要衛福部長，誰是未來陳時中參選六都市長的初選對手，就不難找出誰是背後操縱的元凶禍首了。

政治官場經常上演著「人生難逢開口笑，富貴榮華總是空」的大戲，淒美浪漫愛情悲劇受到紅杏出牆的影響，情節曲折才會如此令人動容噴出眼淚。

臺灣的壞人與敵人在哪裡？

教授與叫獸有什麼區別？教授是受過高等教育取得碩博士學位，經教育部高教司審核通過，獲大專院校禮聘，專門以人話教育學生知書達禮，所謂「猩猩善言不離禽獸、人若無情禽獸不如」！「叫獸」顧名思義，就是會叫不會說的人話禽獸。

是疫苗惹的禍？還是特權惹的禍？台灣在 Covid-19 三級防疫初期，由於受到來自中國壓力，讓台灣在國際上想取得疫苗處處受到掣肘導致困難重重，在野黨完全不能體會政府在國際社會上的種種困境無法取得疫苗，反而嘲笑戲諷執政黨無能買到台灣防疫所需之疫苗。

更可惡的是，那些受過高等教育、取得碩博士學位的政治人物，發言高論來自美國、日本贈送給台灣的 AZ 疫苗、莫德納疫苗或 BNT 輝瑞疫苗等都是人家不要的才送給我們的，為什麼執政不去買中國的國藥或科興疫苗？難道這些具備高知識政治人物份子真的不知道那種疫苗的効能嗎？

甚至有一位教授級的在野黨的政治人物，對於日本贈台灣 124 萬劑疫苗感到失望，他在自己臉書上表示，日本至少也要給個 311 萬劑疫苗，這種「失望感謝」交織感慨的意識形態情緒，真讓人百思不得其解，私底下有人批評「妳說的是人話嗎」？難道要將教授變「叫獸」嗎？

有人說台灣是人間仙境，有人說是鬼島，但總是政治角度意識形態不同，無論如何，大家都是捨不得這裡的悲傷喜樂、高興哭泣的海洋中的小島，台灣在這一場疫情中讓我們看到壞人、敵人在那裡？

也讓我們看到善與惡的距離有多麼遠，為什麼叫獸級政客說了完全是「棄恩義而不顧」的論調？這種完全悖離人性的真善美，真的是「猩猩善言不離禽獸、人若無情禽獸不如」！

朱立倫同舟計畫是吹大法螺

國民黨的同舟計畫當然是源於「同舟共濟」，喻在風雨飄搖中同舟而濟患實共之，但擺在眼前的，卻是同床異夢的同志、同室操戈的黨員、同流合污的政治共生利益，連剩餘的同病相憐都不值得垂憐。

現任國民黨主席朱立倫推動「同舟計畫」，為過去違紀遭開除、撤銷黨籍等考紀處分而離開國民黨的黨員開一扇方便之門，卻引發地方黨部、部分縣市的地方議員及中央民代強烈反彈，反彈者皆認為，「同舟計畫」若僅是為了替某些人開啓方便之門，那麼同舟與同污有什麼差別？

朱立倫的同舟計畫，是為違紀參選花蓮縣長被國民黨開除黨籍的無黨籍立委傅崐萁及更多其他違紀參選之人，開啓回黨的巧門，將同舟計畫定位為「回娘家特別辦法」，放寬失聯、被註銷、自動退黨、被撤銷與被開除黨籍黨員，恢復黨籍的條件，當然引發黨內忠貞黨員的高度不滿。

若一個人的發言可以決定國民黨的考紀制度，何須有考紀流程的存在？黨員之好壞良窳，完全沒有評比價值，想入黨就入黨，想退黨就退黨，可以隨意出入的政黨，毫無黨紀黨規可言，更別提黨魂了，對剛性的國民黨而言，真如外界預期又再「吹大法螺」！

國民黨自 2000 年政黨輪替後，天天高喊團結、同舟共濟，卻經常出現同床異夢的同志、同室操戈的黨員，同流合污的政治共生利益，連剩餘的同病相憐都不值得垂憐，何時展現同仇敵愾？見到鬼！

港湖女神的戀情太坎坷

台灣人常說：「驚某大丈夫，打某是豬狗牛」，有「港湖女神」之稱的民進黨立委高嘉瑜，遭林姓男友痛毆、勒頸洩恨，甚至被男友拿私密影片、砸錢讓黑道殺人要脅，如果「打是情、罵是愛，愛至極致就得用腳踹」，那麼政治人物的戀愛觀，限制了我們對「執子之手、與子偕老」的想像！

高嘉瑜交往過的馬文鈺，是初戀男友，曾經是不離不棄的一對情侶，卻也分道揚鑣，與當年花前月下曾咒誓：「你未嫁、我沒娶」，等你等到海枯石爛，守候你曾說的生死不離，當年高馬之間的山盟海誓，可高好不容易等到古剎輪迴，而馬卻說來生再續前緣淚從心起，高馬戀情緣分竟是如此薄淺，感嘆流年咒誓成了世間碎心的詩篇。

高馬之間空蕩的淚眼孤獨為伴離愁傷心透，起落心緒眷戀舊時光，高馬能不憶從前，高曾說的深情不移，誰不負流年？花朵飄瓣猶如思念千百糾結，下一生若是能再見，你未娶我未嫁，來時路允許時光再重複再不辜負當年山盟海誓。

所謂「物以類聚、人以群分」，怎樣的男女適合做靈魂伴侶？要有度量，要有人品，豁達開朗，有點文化，做人低調，有點經濟更好，那麼立委高嘉瑜與助理馬文鈺，兩人從大學時代開始交往，戀愛長跑超過 20 年了，人家是人鬼殊途，高馬卻是人神異類婚嫁不得，港湖女神只能找羅馬神話中的邱比特或台灣神話中的月下老人，再次的巧妙安排吧！

高嘉瑜遭男友林秉樞肢體暴力，難道是「打是情、罵是愛的極致表現，就得用腳踹」？台灣人常說「驚某是大丈夫，打某是豬狗牛」，高林這段戀情，完全限制了我們對「執子之手、與子偕老」的想像！

向黑道宣戰又是神鬼故事

當台中市長盧秀燕祭出「除暴安良專案」向黑惡勢力宣戰，全國民衆笑了，先看看黑道要角的婚喪壽喜，政商名流冠蓋雲集，爭先恐後地前往致意禮敬的錯綜複雜緊密關係，向黑道宣戰豈非鬼話，有誰聽的懂呢？

當媒體報導惡少當街持棒痛毆學生引爆社會眾怒，影響朝野政黨未來的選情，盧秀燕才肯鞠躬道歉，行政院長蘇貞昌下令嚴懲嚴辦黑悪勢力的猖狂行為，但有用嗎？「掃黑、掃毒、掃黃」又不是今年今天才有的，年年政府都以「掃黑、掃毒、掃黃」為口號嚴格執行，結果愈掃愈嚴重，現在再講向黑惡勢宣戰，豈不是政府再度向人民講神鬼故事無稽之談嗎？

回顧一下，有多少黑道要角的婚喪壽喜之際，有多少政商名流冠蓋雲集爭先恐後地親自到場祝賀致意？甚至有部會首長及五院院長等重量級政治人物親臨現場，這種黑白難分的場面上，看似矛盾戲謔的諷刺，卻真真實實地反映了黑道、金主、政治、乃至於司法彼此之間，錯綜複雜的緊密關係。

對照黑道從政與向黑道宣戰，讓一般基層守法民眾看得眼花撩亂相當困惑，特別是在藍綠對立的政治環境下，兩大政黨為政治利益，選擇性地轉換立場，凡對手提名黑道，就是「黑金政治、自甘墮落」，而自己支持黑道，就是「年少輕狂、浪子回頭」，朝野政黨輪流惡搞，「向黑道宣戰」豈不是鬼話沒人聽的懂！

政府高喊掃黑，試問社會上一再發生的「恐嚇、勒索、霸地、圍勢、鬥毆」案件有少過嗎？別忘了曾有黑道大哥、流氓角頭拿過兩蔣的輓聯，難道現在我們還要永懷領袖，高喊世界和平嗎？現在我最想聽到人話！

柯文哲挺高嘉瑜為哪樁？

若非林秉樞毆打立委高嘉瑜扯出網軍，我們真不知道網軍早就化身為政商界的白手套，利用強大的黨政關係賣弄權力藉勢藉端騙取巨大的政治及商業利益，真可說「政商高層的小弟，賺錢是一本萬利」，靠網軍當選市長的柯文哲竟想號召「一人一信」要求行政院長蘇貞昌徹查網軍，柯文哲心態早已禍藏梟雄之姿不乏梟獍其心！

網軍深入媒體、政商、藝文界應該是自柯文哲首次當選台北市長之後，利用經常自以為是躲在電腦銀幕後面的鍵盤俠們用自己的思維模式帶動政治風向或社會風向，企圖利用政治人物最害怕的聲量、聲勢影響各種不同的圈子力量，特別是面對選舉在即的朝野政黨公職人員選舉，網軍所帶來種種令人無法理解、接受的影響，甚至衝擊著未來的兩大重要選舉，這種影響已經從台北政治核心範圍延伸到地方縣市鄉鎮市區的基層生活圈，真的是無遠弗屆！

別以為柯文哲真的是為立委高嘉瑜被曝毆才高舉公平正義的道德大旗要求行政院徹查網軍，有沒有想過在柯市長身邊工作的人也常遭受網軍霸凌，為什麼大家都知道的事唯獨柯能裝著事不關己？當台北市長柯文哲號召「一人一信」寄給行政院長蘇貞昌要求清查網軍時，為什麼不深思反省柯粉及民眾黨網軍如何霸凌非我族類？柯文哲真不知道他自己才是運動網軍的先行者嗎？誰信！

剛入主台北市政府初期的柯文哲擁有幾十萬柯粉，柯文哲非但不抑制這些躲在電腦銀幕後面的鍵盤俠扮演著戰場上的戰狼四處出征，柯 P 竟能做到「做賊的不心虛，放屁的不臉紅」的高深境界，難怪有人說「柯粉出征寸草不生」，對照朝野兩大政黨的網軍如出一轍沒什麼差別！網軍早就化身為政商界的白手套，利用強大的黨政關係賣弄權力藉勢藉端騙取巨大的政治及商業利益。

如今不論是政治造勢、商業活動或婚喪喜慶，網軍想讓場面冠蓋雲集或門可羅雀都是隨手之舉，這才是柯市長的最愛，可見挺高嘉瑜是黃鼠狼給雞拜年不安好心，其中禍藏著梟雄之姿不乏梟獍其心！

公投未死，朱立倫沒了

公投之前朝野全力動員衝刺，形成執政黨的四個不同意對上在野黨的四個同意，公投之後四個不同意碾壓四個同意，國民黨主席朱立倫竟然不認輸地辯稱「台灣新的民主獨裁政府是勝利，但對深化民主的人團體是傷害」，這種不倫不類的說詞嚴重傷害到台灣主流民意，公投未死，朱立倫沒了！

能舉辦公投的台灣絕對是高度民主自由法治的國家，卻被朱立倫形容成「最大的在野黨必須認清楚要跟民眾站在一起、跟在野力量站在一起，要跟大家團結所有在野力量，才有辦法對抗民主獨裁政府」，試問國民黨從兩蔣專制獨裁體制一路執政到二千年政黨輪替直到現在為止何曾團詰在野黨過？自己黨內長期內鬥不止，幾乎已經到了有選舉必鬥的地步，何況公投！

我們關心台灣政治的生態發展，皆期盼能有一個接地氣的強大在野黨能強力監督執政黨的執政能力，可惜變調的國民黨非但毫無能力提出完整的政策論述能力，又能為台灣民主打拼什麼？上至黨主席下至地方基層高幹那個人有大公無私的精神？誰在乎黨的存亡？台灣民眾的民生議題國民黨何時在乎過？朱立倫自喻「深化民主的道路」有那個不怕死敢勇敢走下起？見鬼！

別再以選民因為工作、學校學業或天氣等種種藉口，或拿投票率低來搪塞了，輸就是輸沒有什麼理由，拿出一點點的民主風度才能展現最大在野黨主席的格局，畢竟國民黨未來還要面對即將到來的 2022 年九合一大選，緊接著又是 2024 年二合一總統與立法委員的選舉，事涉朱立倫爭取總統大位，若朱立倫現在已經確認台灣是民主獨裁國家，那麼二合一選舉選朱立倫豈不是在選「魔神仔」！因為國際社會都肯定台灣是民主自由法治的國家。

重啓核四、反萊豬進口、公投綁大選、珍愛藻礁四大公投，國民黨雖遭民進黨碾壓，就應該記取教訓，想方設法將逐漸失去台灣主流民意留住，順從民意，別再高不可攀了，否則公投沒死，朱立倫沒了，謹記「貴以賤為本，高以下為基」。

經濟部與台電的挑戰剛開始

受執政黨非核家園政策的影響，台灣想發展核能發電已經成為歷史了，在沒有核能發電支援台灣的系統供電，唯有靠著 LNG 發電提供支援台灣產業所需的電力，特別是如護國神山的台積電等高科技晶元產業及從中國鮭魚返鄉的大批耗能產業的電力配套措施，三接公投雖讓執政黨鬆口氣，如何穩定供電卻也是煩惱的開始！

台灣地處海島型國家，若經濟僅輕度發展及高科技不發達水電尚可自給自足，天知道這幾年台灣從產業、資金外流嚴重逆轉為資金、產業鮭魚返鄉，加上台積電發揮護國神山効應，周邊高科技產業及國際高科技產業皆想到台灣插旗佈局，導致本就為缺水、缺電的政府煩惱不已，還好 12 月 18 日的珍愛藻礁公投不同意大於同意讓執政黨暫時鬆了一口氣！

公投之前，重環境保育輕能源轉型的藻礁公投聯盟認為一接與二接有擴建計畫、三接就不用蓋，把三接移到台北港，卻遭到經濟部及中油公司以 2015 年馬政府執政時，三接原規劃會蓋在藻礁上，在蔡政府上任後，三接沒蓋在 G1、G2 藻礁區，而是用棧橋的方式，外推到離岸 1.2 公里處，再用天然氣管線接回電廠，把影響藻礁降到最小程度，至於把三接移到台北港，則需再花 11 年時間無法成為三接替代方案，台灣供電堪慮！

當初在野的民進黨黨綱堅持非核家園主張「反對新設核能發電機組，積極開發替代能源，限期關閉現有核電廠」，蔡政府執政後更是鐵板一塊難以撼動，12 月 18 日公投過後，立即要面臨缺電危機的憂慮，美中貿易戰開打之前，台灣雖沒有立即性不缺水、缺電，之後隨著護國神山台積電晶片効應，國際高科技產業大國都有意願到台灣插旗佈局，加上產業資金大量鮭魚返鄉，導致用電需求跳增，經濟部及台電公司未來要如何做到穩定系統供電？

2025 年非核家園政策已經豪無懸念了，地方政府不用再為核電廠延役及核廢料處理表態了，立即面對缺電問題，無論幾接台灣就是缺電，12 月 18 日三接公投只是暫時讓政府鬆口氣，下一步經濟部及台電公司要如何穩定供電？全都成為朝野群眾的焦點！

王力宏為什麼趕快躲回台灣？

過去在演藝舞台上被兩岸演藝圈粉絲列為優質形象藝人的王力宏現在已經成為過街老鼠人人喊打的惡質劣跡藝人，過去在中國唱紅歌成為「愛國藝人」，現在拋妻棄子召娼嫖妓的色狼胚子的隱形痕跡如果不是李靚蕾指控，外界難以窺其堂奧，如今只能躲到台灣避免遭中國公安逮捕拘留，別以為船過水無痕，其實高科技時代凡走過必留下痕跡。

王力宏李靚蕾夫婦過去常在社群平台上曬恩愛，當兩人婚姻觸礁時，男方家人們惡意相向之際，李靚蕾於 12 月 17 日晚間在個人 Instagram 上以千字長文控訴王力宏性暴力、出軌、嫖妓等，此時此刻李靚蕾的心情有如一首歌詞「你講的山盟海誓逾期無効，已經變昨暝歹勢，像你這無路用的人，遇到算我衰小」，過去人人羨慕的明星鴛鴦夢現在已經覺醒了，誰會相信有情人終成眷屬的山盟海誓能抵七年之癢！

由於李靚蕾於千字長文中提到王力宏在每個城市中都有不同異性朋友的人與人聯結的對象，惡質的渣男形象讓不少代言迅速切割，導致王在大陸的所有合作廠商、企業巨型廣告代言全部被撤銷，中國黨政中央紀法委及央視官媒等聯手扭斷折毀王力宏重回演藝事業的可能，何況曾有多位知名藝人如吳亦帆等因召娼嫖妓遭公安拘捕等待司法判決，此時不躲回台灣，要待何時？

其實夫婦之間只求家和萬事興，特別是家庭中頂樑柱的女人往往為了顧全家庭和諧及小孩的優質教育環境可以犧牲自己內心的傷痛，容忍男人花天酒地、胡言亂語及小氣不顧家庭生活品質，甚至輕微的肢體性暴力行，卻無法忍受男人以任何理由出軌或劈腿養小三，讓李靚蕾最無法忍受的並非王力宏對她的惡意違心的指控，而是她發現王力宏的召妓花名冊，才讓她瞬間崩潰澈底心碎。

過去的優質藝人王力宏，如今因夫婦失和家庭糾紛，現在成了過街老鼠的惡質劣跡藝人，或許王力宏認為以他個人的演藝魅力足以讓所有他幹過的悪劣不堪的事跡船過水無痕，而他卻完全忘記高科技時代凡走過必留下痕跡！

拒審總預算　爽到執政黨

國民黨立法院黨團為了四大公投於 11 月 29 日抗議行政院違反行政中立、動用公帑買廣告，宣布全面停審 111 年度中央政府總預算，遭執政黨在院會中逕付二讀，不知在野黨瞭不瞭解議事規則，朝大野小時，在委員會拒審相當於放棄立委職權，爽到執政黨及行政部門，在野黨是否喝醉了？尚在「三分清醒七分醉」的意識朦朧搞不清楚真實情況呢？要不是怕外界質疑「一黨獨大、專制霸凌」，執政黨豈會同意在院會提復議讓總預算案重回委員會審議。

過去民進黨在野時，面對的立法、行政兩院全面執政，立法院的立委席次完全居於劣勢，想挑戰執政的國民黨唯有把委員會當成他的主場，在委員會審議預算案、法律案或其他重要法案時積極主動提出更正議事錄、臨時提案、會議詢問、權宜問題、秩序問題或其他程序之一動議，造成議事停滯不前，再由朝野協商達共識，若執政黨強行送進院會逕付二讀，民進黨立即發出甲級動員令利用各種抗爭手段完全癱瘓院會議事進行，直到取得他們想要的進展才肯罷休！

在動員抗爭方面，國民黨立院黨團確實如外界所想像的那樣，穿皮鞋的怎麼去跟穿草鞋的鬥爭呢？養尊處優慣的國民黨籍立委擅於經營政商人脈，卻不擅於議案、議題及法案的言詞陳述，對於媒體想要的焦點往往失焦，無論對事對人的評斷論述更難獲得基層民意的支持，這可從 12 月 18 日公投案之後，國民黨不檢討反省為什麼明明贏的一盤棋會輸到底？卻責怪高雄市民，難怪國民黨的政治版圖逐漸消失，因為不知道為什麼會輸到脫褲子。

拒審預算對少數未過半席次的在野黨是不智的，依預算法政府每一會計年度，各就其歲入與歲出、債務之舉借與以前年度歲計賸餘之移用及債務之償，預算案之審議應注意歲出規模、預算餘絀、計劃績效、優先順序，其中歲入以擬變更或擬設定之收入為主，審議時應就來源別定之，且總預算應於會計年度開始一個月前由立法院議決，並於會計年度開始 15 日前由總統公布之，而歷屆立法院少有真正遵守預算法審議預算，這是台灣國會最特別的時間概念。

為什麼朝野政黨輪替前後王金平當立法院長時的朝野協商如此重要？因為在野的民進黨經常利用議事規則動不動就

利用提案及議事程序在議場內杯葛干擾議事的進行，與朝野各黨派立委關係良好號稱「公道伯」的王金平院長，為了朝野政黨的議場議事和諧相處、減少議事抗爭事件，緩和對立衝突氣氛的最佳潤滑作用，就是進行朝野協商達成共識，為什麼王金平能？游錫堃不能？因為民進黨全面執政，無論是委員會、院會的表決都已勝券在握！

執政黨在立法、行政兩院完全執政，絕對不會放棄立法院的政黨朝野協商，主要是怕被外界嘲諷為「一黨獨大、專制霸凌」，國民黨全面停審 111 年度中央政府總預算，猶如陷入「三分清醒七分醉」的意識朦朧，搞不清楚真實情況。自動放棄行使立委職權，正中執政黨的下懷，只能用宋朝一個字「爽」來形容。

酒駕問題完全出在法官

古人喝酒吟詩作對是美談，現代的喝酒開車交通事故不斷攀升，今年高雄市、台中市及其他縣市酒駕案件不斷，人人出外活動只能自求多福，否則嚴重點的酒駕事件可能導致家破人亡，為此立法院已經修法重罰至無期徒刑，檢警更是嚴格地執法，酒駕致死案件依舊，問題全出在法官的司法判決不肯重判，這種有法不依猶如無法的空幻自由心證，徒增奈河橋的負擔！

人物、政黨
時事
心得分享
政府、政策制度
其他

酒雖亂性，但對詩人墨客而言，歌詠吟詩之雅興須藉酒發揮詩詞的意境臻於最高境界，如詩仙李白、詩聖杜甫皆嗜酒如命，當杯酒言歡舉杯暢飲之際，李白、杜甫互吟詩歌自嘲，以詩來記述他們之間的友情，從「「五花馬千金裘，呼兒將出換美酒，與爾同銷萬古愁」的詩詞中可看出若沒酒精之催化下，詩仙、詩聖的詩興與詩意也將消失！

之前台中大雅發生陳姓酒駕累犯撞死一男一女，其中罹難的 21 歲彭姓大學生的父親當時怒吼嫌犯是「社會敗類」，繼而再有台中一名大學生遭酒駕撞擊身亡，讓酒駕問題再次引發社會各界的關注，緊接著高雄又發生酒駕慘劇導致一家四口遊愛河在斑馬線遭遇橫禍，家破人亡，同年 12 月 28 日有四次酒駕前科的知名藝人宋少卿酒駕與計程車相撞，雖遭警方依公共危險罪嫌移送法辦，但對死者家屬情何以堪！酒駕悲劇要如何斷絕？撻伐颸罵或嚴懲重刑酒駕者有用嗎？社會輿論正在等待司法的回應呢？

現行刑法規定，假釋中的人若再犯，不論輕重一律撤銷假釋，被質疑違反比例原則，立法院院會於 2021 年 12 月 28 日三讀修正通過刑法部分條文，規定如果被判緩刑或 6 月以下徒刑，而有再入監執行刑罰的必要者，得撤銷其假釋，對此法務部今晚發布新聞稿指出，這項修法增訂「得」裁量是否撤銷假釋的規定，以提高受假釋人繼續配合更生輔導等觀護處遇的意願，期能有效降低再犯，並符合比例原則，官腔官調你信嗎？我信你個鬼！

經政府十多年推動「喝酒不開車、開車不喝酒」的觀念早已經深植人心，加上針對酒駕重罰力度修法，很難想像立法及檢警執法都沒有問題，酒駕事件依舊不斷發生，問題就出現在法官的司法判決過於寬鬆，讓耆酒者寧為全民公敵也要酒駕，難道酒駕者想學李白的「古來聖賢皆寂寞，惟有飲者留其名」？怎麼留名？人都已經強闖奈河橋！又能奈何？

政治人物心中的鬼

最近看到朝野政黨為了三接公投、立委補選、罷昶公投互相批鬥，真的是鬼蜮伎倆用盡，個個利用政治優勢暗中陰損他人的卑劣手段，卻裝作一副仁義道德滿嘴文章的文人墨客書生樣，但從他們的身上又看不出應有的政治修養和內涵，難道這不是政治人物心中狡滑陰險的醜態鬼模樣？

生性多疑的政治人物常常害怕政敵、情敵介入自己的內心世界，一遇可疑之事就會因為多疑而產生各種幻覺和錯誤判斷，胡亂猜測他人採取不利於己之行為、行動而信以為真，其實全是心理作用，因為競爭激烈讓政治人物疑心生暗鬼，對任何人都會採取不信任的態度，政治人物難以猜測的心中暗鬼，做為一般正常人的我們怎麼會相信他的嘴呢！

為什麼坊間到處流傳著「你可以相信世間有鬼，卻永遠別相信政治人物的那張嘴」？因為政治人物的行蹤及行為說的上鬼出電入龍興鸞集變化通神不可思議令人難以捉摸，表面是為天下蒼生謀劃美好未來，其實是因為口齒伶俐能言善道，甚至連盛水燒香的缽盂經政治人物三寸不爛之舌巧妙加持都可生出美妙的蓮花，令我們這些笨嘴拙舌之尋常人家聽的瞠目結舌目瞪口呆，那真個是啞口無言啊！

子曰：「巧言令色鮮矣仁」，我一直以為是姓氏中帶有仁字的政治人物最會花言巧語 ，裝出與人為善和顏悅色的樣子，原來至聖先師孔老夫子有先見之明，早就預知民主時代的選舉將有很多面善心惡表裡不一、虛偽不實的政治小人會在政治事件發生之前，逐一鬼鬼祟祟浮出檯面，鬼出電入出入神速又無影無縱真的是神出鬼沒，凡此種種事勢湊巧非意料所能及，或許這就是聖人與凡人境界上最大的不同啊！

朝野政黨國會議員，當學春秋戰國黃龍士靠著三寸不爛之舌為民謀福利爭取地方建設，故謂植之而塞於天地，橫之而彌於四海，施之無窮而無所朝夕，夫善游者溺，善騎者墮，各以其所好，反自為禍，政治人物心中有鬼者戒之慎之！

政府防疫陷入多頭馬車

當初政府為因應防患武漢病毒擴散至社區，統籌整合各部會資源與人力，全力守護國內防疫安全確保國人健康，便於召開跨部會指揮中心會議及專家諮詢會議而成立中央流行疫情指揮中心，凡涉及疫情相關事宜、事項由指揮中心統一發布，否則視為謠言或不實消息而受罰，但現在，行政院、縣市首長對疫情各說各話，完全無視規定，罰嗎？是否政府防疫已陷入多頭馬車！

自 2019 年 12 月中國大陸武漢爆發新冠肺炎（COVID-19）疫情，迅速擴散中國各省及世界各國，台灣於 2020 年 1 月 21 日出現首例女台商感染，引發政府及各界對新冠肺炎病毒感染的重視，研判疫情已在社區傳播及擴大情形，衛福部疾病管制署於 1 月 20 日宣布成立「嚴重特殊傳染性肺炎中央流行疫情指揮中心」，由署長周志浩擔任指揮官統籌整合各部會資源與人力，召開跨部會指揮中心會議及專家諮詢會議，1 月 23 日行政院將指揮中心提升為二級開設，改由衛生福利部長陳時中擔任指揮官統籌各部會凡涉及疫情相關資訊全由指揮中心發布，否則將被視為不實信息。

自 2021 年發現 Delta 變種病毒傳播力驚人，病毒基因定序為 Delta 變異株，從疫情指揮中心 2022 年 7 月 20 日宣布，國內新增 37 例確診，為 24 例境外移入、13 例本土病例，桃園及高雄出現與桃機案無關個案，共累計 4 條待釐清傳播鏈，新增 5 名感染源不明案例，而美國疾病管制暨預防中心同時公布，全美 COVID-19 每日新增病例 7 天平均值已在 1 月 13 日達到高峰，當天數據約為 79 萬 5,000 例，疫情數字已開始下降，美國似乎正擺脫 Omicron 變異株引發的最新一波疫情，顯見國際社會對變種病毒感染的憂慮。而台灣由於 2022 年九合一大選將近，朝野政黨開始忙於政治作秀，無視於病毒感染，真的是人命關天難抵政治舞台秀！

2022 年 1 月 13 日上午，新竹市長林智堅防疫記者會，針對新竹市出現確診足跡召開記者會說明相關措施，並呼籲民眾配合各項防疫工作，1 月 17 日上午 8 時行政院長蘇貞昌長針對國內外疫情狀況、國內疫苗接種情形等議題，召開擴大防疫會議；1 月 18 日上午，桃園市長鄭文燦於防疫記者會宣布，桃園市的國高中只要考完期末考，就可直接放寒假。以上皆為執政黨從中央到地方政府首長對防疫是「一人一把號，各吹各的調」，誰都不願意等防疫指揮中心下午 2 點召開記者會統一發布新聞，就急著召開記者會，完全無視防疫規定，這難道不是「只許執政黨放火，不許在野黨點燈」嗎？

防疫政策難道有黨籍、統獨、藍綠意識型態之分嗎？自喻為民主自由法治國家的台灣，難道只有林智堅、蘇貞昌、鄭文燦可以享有防疫特權，而台北市長柯文哲、新北市長侯友宜及其他縣市首長，只能當個聽話的乖寶寶嗎？難道台灣的防疫政策是一國多制？是否執行黨深陷防疫政策多頭馬車而不知？天可憐見台灣人民！

朝野政黨修的是什麼酒駕法？

這些年酒駕禍害各縣市的幸福家庭一夕之間家庭支離破碎陰陽兩隔的交通事故頻傳，震驚朝野各界的關注強烈要求修法零容忍重懲重罰酒駕肇事者，立法院面對來自強大輿論壓力下，朝野政黨立委不得不於 1 月 24 日修法三讀通過加重酒駕刑罰及行政罰的相關條文，卻還留著「是否沒收酒駕肇事者交通工具 」的尾巴，在此還是要提醒貪杯者三杯黃湯下肚，一輩努力全毀！

近年來酒駕悲劇在全國各縣市一再重演，引爆朝野政黨各界人士關注，強大的輿論壓力讓立法院不得不針對酒駕修法重罰重懲，2022 年 1 月 24 日立法院終於修法三讀通過加重酒駕刑罰及行政罰，酒駕肇事者初犯酒駕致人於死者處 3 年以上 10 年以下徒刑，致重傷者處 1 年以上 7 年以下徒刑，5 年內再犯酒駕因而致人於死者處無期徒刑或 5 年以上徒刑，致重傷者處 3 年以上 10 年以下徒刑；新增併科罰金，致人於死者得併科 200 萬元以下罰金，致重傷者得併科 100 萬元以下罰金，再犯年限也從原本 5 年增加為 10 年，再犯肇事者致人於死增訂得併科 300 萬元以下罰金，致重傷者得併科 200 萬元以下罰金，卻還留著一條「是否沒收酒駕肇事者交通工具」的長長的尾巴！

酒駕者為什麼不想想「三杯黃湯下肚，一世努力全毀」，之前政府努力推動喝酒不開車，開車不喝酒的「醉不上道」的政策口號，多年台灣民眾幾乎人人都能嚷嚷上口，記得當初政府的交通安全宣導短語的第一句就是「酒後駕駛危險高，醉不上道很重要，酒逢知己千杯少 後座休息剛剛好，指定駕駛沒煩惱，平安到家擁妻小」，經過多年宣導對嗜酒貪杯者的道德勸說式愛的教育似乎完全無效，若非酒駕肇事致死案件頻頻發生，司法機關對肇事者之判決輕重完全不符合比例原則，造成全國各界憤怒要求修法重罰重懲，才有 1 月 24 日立法院終於修法三讀通過加重酒駕刑罰及行政罰，不知此法未來在執法上，是否真能達到酒駕零容忍重罰遏止酒駕？我們就睜大眼等著瞧吧！

「人生犯四貪，一生算白當」的四貪為「貪杯、貪財、貪賭、貪色」中的貪杯不顧人最害人，或許餐桌上酒逢知己千杯少，是一種歷史淵源深厚的喝酒文化，但凡事皆須適可而止，大家都懂小飲怡情、大飲傷身的道理，為什麼當與朋友小聚把酒言歡時，老是失去理智、理性控制不住自己？將十飲九醉的話語忘得一乾二淨，還毫無節制地勸酒、拼酒陷友人於不道德又危險的窘境？

人若犯「貪財不顧親、貪杯不顧人、貪賭不顧家、貪色不顧身」中任何一貪都注定一生努力全白忙，小至身敗名裂家破人亡，大至族絕國滅，因酒駕零容忍重罰遏止酒駕的法律已經立法院三讀通過，希望執法者針對未來不論職務、身份、地位凡涉及酒駕就毫無無特權可商量，即使找到天皇老子也不敢赦免犯下酒駕肇事之天條，讓酒駕肇事深明「三杯黃湯下肚，一世努力全毀」的道理！

為了選舉，講什麼？是蔣孝話嗎？

當我們還在討論「萬安」姓章、姓蔣時，國民黨主席朱立倫就在晚上透過臉書發表長文，重申蔣經國路線就是國民黨路線，我真的笑得很蒼白無力，難道他們真的不知道蔣經國先生是堅持反共到底的人？現在國民黨有嗎？這種自嗨的文化，讓黨籍民代不知為誰而戰？為何而敗選？更有些人為了選舉目的，不惜在姓名上放大絕，真是「馬不知臉長，猴子不知屁股紅」！到底在「講什麼」？是蔣孝話嗎？反共還是親共！

萬安到底是姓蔣，還是姓章？到底是在講什麼？有時候我們都搞不清楚。「萬安演習」是用講的，還蔣家的，這都要怪老蔣才對，大兒子取名「經國」，另一兒子取名「緯國」，或許是民情風俗習慣，經、緯兩人之後代子孫，姓名中間皆遵循古訓取個「孝」字，庶出的「章孝慈、章孝嚴」亦同，之後章孝嚴雖認祖歸宗改回蔣，而兩蔣的第四代子孫確定為「友」字輩，蔣萬安卻被「友」字輩排除在外，現在蔣萬安竟然侃侃而談說他的名字是蔣經國取的，真不知蔣萬安在講什麼？是為了選舉吧！想博取忠於兩蔣反共情操的榮民選票吧！

台灣朝野人士對兩蔣在台灣執政的評價為，蔣介石是「功在民國，罪在台灣」，因為民國時期八年抗戰敗退台灣，休養生息的執政期實施「動員戡亂時期臨時條款」、「戒嚴令」，實施軍管藉勢藉端惹出 228 白色恐怖等多件歷史傷痛裂痕悲劇，老蔣的功過留待百年後的歷史評價吧！

而曾經為共產黨員、深知共產政權的優勝劣敗的蔣經國，雖繼承老蔣的政治制度，對中共一國兩制的統戰伎倆，堅持「不接觸、不談判、不妥協」的三不政策，並投入十大建設發展台灣經濟，繼而開放言論自由、解除黨禁、報禁，讓台灣走上今天自由法治的真正民選的民主國家。蔣經國對台灣的貢獻，有其歷史地位是無庸置疑，無論是主流、非主流的朝野人士，對他的評價皆是可圈可點的。

歷史記載蔣經國曾在媒體訪問時表示，中華民國總統的繼承，是經由憲法選舉而產生，總統家人中不能也不會參加競選，憲法絕不變更，更不會實施軍政府統治，至於兩岸談判，蔣經國堅持，「與中國共產黨接觸談判就是自殺行為。」我沒那麼愚蠢，除非中國大陸的人民擺脫共產主義時，我們才會坐下來同任何人談判，此時此刻，蔣萬安為了選舉目的，竟然在名字上戲弄蔣經國，至於為什麼台灣主流、非主流朝野各界人士，都非常肯定蔣經國，國民黨卻完全忽略？

直到蔡英文肯定蔣經國對台灣的貢獻，國民黨才急得跳腳，相對於蔣萬安對台灣的貢獻又是什麼？想選首都市長，別忘了李慶安擁有美國籍的前車之鑑，若心中只想著台北市政府距離總統府僅有一步之遙，這一步之遙的嚴格考驗，蔣萬安跨得過去嗎？

原來，萬安演習是從民國 67 年起就每年實施一次，巧了當真是蔣經國執政時期，難怪國民黨嗜好將「萬安演習」套在蔣萬安頭上而不名，讓他像孫悟空有 72 變，可隨唐僧上西天取經，聰明如蔣萬安竟隨聲附和，此種冀以過人之智植於高世，則神日以耗而彌遠矣！

試問蔣萬安，我是你的選民，要我「講什麼」？是蔣孝話嗎？你認同朱主席的路線嗎？是否有違蔣經國的堅決反共主張？

吳敦義、蕭萬長也不是副總統？

國共內鬥期間互批對方是叛亂團體，直到台灣開放自由民主選舉總統後，中國走向共產專制獨裁政權，台灣則步入民主自由法治國家，兩岸的政權結構完全迥異不同，此次副總統賴清德以總統特使的身分，出訪友邦宏都拉斯參加宏都拉斯新任總統卡蘇楚就職典禮，遭到中國外交部發言人趙立堅嗆：「台灣只是中國一個省，哪來什麼副總統」？國民黨還緊抱兩蔣神祖牌親共不反共，其餘台灣朝野政黨群起反嗆中共不民主，反怪別人太民主！

台灣的年輕人現在每天在電視媒體新聞上報導聽到、看到中國戰機天天擾台，再看看政治回應的國民黨，老是喜歡作繭自縛、綁手綁腳，不敢提出任何強烈態度譴責反駁中共的作為，早已經成為台灣最礙眼的政黨，世代交替的年輕人經過多次的政治「停、聽、聞」之洗禮後，將國民黨的國際關係定位為「親共、仇美、反日、敵台」的政黨，沒人會加入國民黨，更何況中國央視美女主播還曾在電視節目上輕蔑地直指親共的國民黨是「要飯的乞丐黨」，國民黨也沒有任何人對此做出任何回應！

賴清德 1 月 27 日以總統特使的身分，出訪友邦宏都拉斯參加宏都拉斯新任總統卡蘇楚就職典禮，還與美國副總統賀錦麗同框簡單寒暄交談，卻惹怒中國外交部發言人趙立堅痛批：「台灣只是中國一個省，哪來什麼副總統？」引發台灣朝野政黨的不滿，台灣民眾黨指趙立堅的言論罔顧事實，台灣不僅依據中華民國憲法選舉產生合法之總統、副總統，且早已是主權獨立的國家，請趙立堅先生不要矇著眼睛說瞎話！

本來中國一貫反對美國與台灣進行任何形式的官方往來，每次中國官方對台文攻武嚇時，國民黨、民眾黨及親中派政黨大都默不作聲，此次趙立堅的發言倒是讓台灣朝野政黨難得獲得共識，如果賴清德不是副總統？那麼李登輝、李元簇、連戰、蕭萬長、吳敦義、呂秀蓮、陳建仁也都通通不是。

如果兩岸還要這樣互相不承認既存政治事實，那麼台灣朝野政黨是不是應視中共政權只是一個叛亂團體，中國人哪來什麼「所謂的外交部發言人」？台灣政治人物只有在這種兩岸極端針鋒相對的言論矛盾下，才會凝聚團結一致的共識，因為年底九合一大選的腳步近了。

當趙立堅提醒台灣沒有副總統時，親共的國民黨依舊是中共眼中的叛亂團體，這讓我深思，人因怕下地獄，所以教堂才存在，得天下者怕失敗所以官僚才存在，公僕就像國民黨政治人物的心態，想要去争取選民的青睞，但年輕選民卻痛恨他們總是不瞭解民意走向，年輕選民只好選擇其他政黨，雖然對年輕選民而言，畏之如虎恨之入骨的國民黨只是那群抱著兩蔣神祖牌，親共不反共寄生台灣的人而已，根本不值一提！

美好夜晚　卻是黨內夢魘

覬覦大位者眾即所謂「難得之貨令人行妨」，君子皆知難得之貨皆為身外禍胎，若受寵辱若驚之影響，將如何趨吉避凶？ 1 月 27 日過年前，前高雄市長韓國瑜邀請國民黨黨主席朱立倫、前主席江啟臣、黨內大老趙少康共進晚餐，感覺四人相處融洽，夜色特別美好，似乎都是政治太極拳高手互相探測對手虛實走向，這種政治人物美好的夜晚，卻是黨內未來發展的白日夢魘！

國民黨建黨百年以上，除了「口號、不團結，內鬥內行外鬥外行」外，就是於擅長將贏得的一盤棋打到輸打到亂，讓看棋的局外人看的一頭霧水霧煞煞，更猜不透國民黨高層領導人葫蘆裡到底賣的是什麼藥，想了再想，還真的令人摸不著頭緒！是為了自置於死地而後生嗎？故意將本來有贏的棋局輸給對手，終場的結局就是今天國民黨每到選舉都要高喊「中華民國生死存亡關鍵的時刻，同志們要堅決團結維護黨的領導中心」！領導中心代表什麼？誰領導？

蔣經國執政末期說自己是台灣人，其真正政治目的是想融入本土草根化，經濟上強力推動發展台灣，努力與國際接軌，並勇於承擔來自中共敵對勢力耗盡所有洪荒之力的打壓，才讓今天的台灣一步一腳印地踏上國際，國際社會也確實看到因為台灣各方面發展成就，肯定台灣對國際社會的貢獻，蔣經國在台灣政治上的這種無與倫比的無私貢獻，他的先知先覺作為，真的太令現在的所有國民黨黨員汗顏！

韓國瑜晚宴朱立倫、江啟臣、趙少康等人，會後臉書 PO 文「美好的夜晚！祝福大家新年快樂！人心齊，泰山移」，呼籲黨內必須要團結，這種政治人物的美好夜晚，卻是黨內未來發展的夢魘，看不到同仇敵愾義憤填膺的愛黨情操，卻看到勾心鬥角的負面情緒，倒是四人都想一探對方對 2024 年總統、立委二合一大舉虛實想法走向，好為未來大選作準備，卻沒有人願意對即將來臨的 2022 年九合一大選提出必勝必贏的選舉策略，反觀四人不同心各有各的盤算，戲碼上表面行禮如儀內心掙扎不已的橋段，平常在台灣政治舞台上經常上演，選民基本上也相當習以為常不足為奇！

國民黨內四強貌合神離的美好聚會，猶如一場內心機智鬥爭的戰爭，看來他們都是太極拳高手陰陽虛實之招盡出，到底鹿死誰手還要看誰活到最後，誰才是最後生存下來的領導者尚難斷言？而誰有覬覦大位之心路人皆知，所謂「難得之貨令人行妨」，君子皆知難得之貨皆為身外禍胎，若受寵辱若驚之影響，將無以趨吉避凶！白日夢魘已現，黨深陷險境，誰來勤王救駕？

中科院喪心病狂的貪瀆斂財

為強化台海安全重要的策略，總統蔡英文一再強調國防自主政策的重要性，更加重加深中科院角色扮演，絕不能再受外在惡劣的政治黑手染指，內在內神通外鬼上下其手！試問台灣歷年來的國防軍購預算，真的完全沒有政治人物伸出黑手介入及中科院內部人員分一杯羹？朝野政黨政治人物有誰在乎國防安全？蔡總統莫忘了「慈不主兵、義不養財、善不為官、情不立事、仁不從政」？天可憐見小國寡民！

台灣因為兩岸問題在國際外交上處處受到來自中國的掣肘，特別是歐美的國防軍備武器採購案，朝野政黨政治人物皆認為有利可圖，但也有些有良心的政治人物認為，為了不能讓惡劣的政治黑手及中科院內神通外鬼染指，建議國防部仿效美國五角大廈成立「武器與軍備品測試中心」，其實現在的採購案利潤已經無利可圖，目前台灣向美國採購國防武器，分為商購與軍購，皆依美國國際武裝貿易法案（Technical Assitance Agreement）及國際武器貿易條例（ITAR），皆需經國務院武器管制署、國防部、商務部核可，商購須經過TAA及ITAR之許可，軍購則為國家對國家之軍事武器買賣行為，因此商購與軍購有私人企業與國家所賦予採購之行為，其中有太多不同，過去因為考慮到兩岸問題，美售武器防禦型多於攻擊型，現在則因中美兩國對峙，已經從防禦轉為攻擊性武器。

為強化台海安全重要的策略，蔡英文提出國艦國造的國防自主政策，回顧過去台灣的國防軍購預算案從抗炸鋼板案、法國拉法葉艦案、建國專案、博勝專案及近期的空軍鳳展專案等，一路走來的國防預算編列，都有政治人物伸出那雙看不見的黑手介入及中科院內神通外鬼想狠狠地分一杯羹。

試問，軍中有多少重要軍職高級將校軍官遭檢調單位約談移送軍事法庭依涉案情節重大收押禁見？又有多少黨政高層及軍火商涉嫌軍購弊案被判刑？相信大家都心知肚明。國防軍購大餅藍綠都想獨吞，誰在乎國家安全？蔡政府的國防自主策略能真正發揮效力嗎？讓時間來驗證到底有多少無良又劣質的台灣廠商，勾結中科院內部人員用中國大陸製的劣質零件，混充美製零件交貨給中科院研製的國防武器吧！

兩岸軍事實力不對等，除非台灣有不容置疑的強大攻防軍力，我們才深信永遠不會動用軍事力量。今天很不幸地，唯有備戰才能保障和平，不論武器是賣給獨裁統治者或是民主國家的反抗者，武器都是來自同樣的軍火商，相信武器也有他們自己的政治道義，自古以來強國善於發動戰爭，他們怎麼會在乎平民百姓的死活，或許人類的戰爭就是我們最成功的文化傳統吧！

也讓我們理解活在一個由少數人剝削大眾的體制下，這種剝削的最终制裁便是戰爭，沒有戰爭怎知國家優劣強盛？天可憐見小國寡民衰斃了！

身為國家領導人或黨政要員，千萬別忘了「慈不主兵、義不養財、善不為官、情不立事、仁不從政」，政治人物不以異政亂民之心，不以巧智亂國之政方能確保風調雨順國泰民安！天可憐見國家中科院如此的喪心病狂地貪瀆斂財，奢談國防自主、安全，連鬼都不相信！憑什麼要小國寡民相信？

人性貪婪為奪家產早失去人性

一件勞工保險家屬死亡給付的 13 萬 1,700 元喪葬補助費偽造文書案件扯出知名企業家過世後，嫡庶之間為爭奪其父遺留龐大事業家產，可說是用盡一切毫無人性的手段，想毀掉具有繼承權的嫡子淨身出戶，一審宣判有罪，二審高院以原審疏未審究偽造文書之構成要件，還嫡子清白，高院法官語重心長地說，差點造成被告財產、人身自由被侵害，名譽造成難以抹滅的傷害！讓我親見「一見利端便起爭奪之心惡如狼虎，一聞可欲即生貪鄙之意毒如蛇蠍，百計千謀定要見兔放鷹」，人心如此損人利己，如何清靜自養？為奪家產早失人性！

台灣南部知名企業老闆 2013 年 5 月於海外過世之前風流倜儻妻妾成群，嫡庶子女不少，但具有繼承者僅嫡出二人、庶出五人，該企業老闆生前事業遍及全台，並以南部為事業總部由庶出女管理，北部總管理處則由嫡子負責，事業體長期形成南北分管所有公司大小章印鑑文書等毫無爭議，等企業老闆過世，庶出女以嫡子向勞保局申請喪葬補助費後，拒不承認嫡子有權申請之事實，並以偽造文書控告嫡子，因一審疏未審究偽造文書構成要件，而讓庶出女得逞，嫡子不服提起上訴高等法院，經由被告審判外之陳述，按被告之自白非出於強暴、脅迫、利誘、詐欺、疲勞詢問、違法羈押或其他不正之方法，且與事實相符者得為證據，被告陳述其白係出於不正之方法者應先於其他事證而為調查，該自白如係檢察官提出者，法院應命檢察官就自白之出於自由意志，指出證明之方法，如被告之陳述非屬自白之性質，僅係不利，或甚至有利於被告之陳述，如檢察官提出作為證據，基於相同意旨，仍應受前述證據能力之限制，高等法院撤銷原判改判嫡子無罪，並詳細說明原審疏未審究偽造文書作之構成要件，亦未詳查被告身為告訴人公司台北管理處處長，以及同時為劉恆修之子，本有權限使用公司大小章及所為申請行為係合法正當之行使文書行為，徒以告訴人及證人之指控，率認被告有行使偽造私文書之犯行，並以論罪科刑，自有違誤，本院已詳述被告應予改判無罪之理由如前。

被告嫡子提起上訴否認犯罪指摘原判決不當既有理由，自應由本院將原判決撤銷，另為無罪之諭知，審理此案過程，令本院不禁思及美國已故法學大師德沃金在其曠世名著「法律帝國」一書中第一章「法律是什麼？」開宗明義提到的：「訴訟在另一面向上的重要性，是無法以金錢、甚至以自由來衡量，法律行動無可避免有著道德面向，因而永遠有著某種獨特形式之公共不正義的危險，法官非僅必須決定誰應該擁有什麼，而且還必須決定誰循規蹈矩、誰盡了公民責任、以及誰刻意或因貪婪或感覺遲鈍而無視自己對他人的責任，或誇大別人對他的責任，如果這樣的判斷不公平，社群就會對成員中的某人造成傷害，因為這個判斷在某種程度上為他貼上了不法之徒的標籤，台灣高等法院刑事廷審判長林婷立法官語重心長地表示，相信司法還以本件被告人清白，同時也具有道德面向上，社會對於被告行為的肯定，司法者應念慈在茲，我們的刑事裁決除了正義的歸屬，也具有對被告與社會宣示的正面意義，一個錯誤的有罪決定，不僅是對被告財產或人身自由的侵害，更是對被告甚且其家人名譽造成難以抹滅的傷害！

多少台灣知名企業老闆過世之前風流倜儻妻妾成群並不罕見，嫡庶子女多寡也非新鮮之事，但想利用一件勞工保險家屬死亡給付的 13 萬 1,700 元喪葬補助費偽造文書案件強控嫡子惡意詐欺取財，庶出女可說是用盡一切毫無人性的手段，想毀掉具有繼承權的嫡子淨身出戶，卻忘了七人之中只有一位嫡子願意自掏腰包花費超過勞保喪葬補助費數倍之多的金錢為其父辦理盛大公祭，在法庭上嫡子均有出示相關支出收據、出席人員、致贈花圈、輓聯人員名單及該次奠禮錄、現場相片等為證，顯示庶出女等六人不願積極為其父辦理在台公祭，僅有情有義之嫡子一人獨力張羅，唯一審判決完全無視有形偽造及無形偽造是否具備「足以生損害於公眾或他人者」之要件，輕率判決造成嫡子財產及人身自由遭受侵害，名譽造成難以抹滅的傷害，幸好台灣高等法院詳細查明一審判決不當，撤銷原判改判嫡子無罪還其清白，並以美國已故法學大師德沃金的曠世名著「法律帝國」之法律見解肯定嫡子在道德面上，社會對其行為的肯定！

所謂「人為財死 鳥為食亡」，庶出女為爭奪百億家業，卻以一件 13 萬餘元之喪葬補助費掀風作浪大動干戈以虛假之偽造文書案起訴嫡子惡意詐欺取財之罪名，一審糊塗判決，經高院精明審理撤銷原判，此案足見人性貪婪為奪家產早失去人性，更見證罪莫大於可欲，禍莫大於不知足，雖親戚朋友一見利端便起爭奪之心惡如狼虎，一聞可欲即生貪鄙之意毒如蛇蠍，百計千謀定要見兔放鷹，人心如此損人利己，如何清靜自養？

商女不知亡國恨　說誰？

一個代表國家隊的台灣競速滑冰選手黃郁婷竟然在北京冬奧會時表示運動無國籍之分，那麼黃郁婷是無國籍人士！對照毫芒藝術家陳逢顯為了讓世界看見台灣而努力，力拼到讓外國人士讚嘆微小書權威在臺灣！黃郁婷的無知行為頗似南北朝晚唐陳後主陳叔寶因追求荒淫享樂終至亡國所寫的詩「商女不知亡國恨 隔江猶唱後庭花」，她非但沒有運動精神，更沒有資格代表國家隊長，為什麼對她政府表現的如此軟弱無能？

台灣有一位從事毫芒藝術四、五十年的藝術家陳逢顯年輕時在電視上看到日本人做出約 0.6 公分大小的雕塑小熊而登上了世界紀錄，陳逢顯也有很多 0.07 公分的毫雕作品早就超越金氏世界紀錄了，為了讓世界看到台灣，陳逢顯聯繫金氏世界紀錄亞洲認證中心認證，卻被認為世界上不可能會有那麼小的作品，經多年的努力堅持終於完成一本 0.05 公分的微小書參展俄羅斯第一屆「世界國際書法展」，當他受邀站上皇宮裡面的展示台演講說「我來自一個很小個國家，叫做台灣」，對照黃郁婷的行為舉止，台灣人能不百感交集？

奧運會的主要精神是以世界和平為主，奧林匹克憲章中有一條款清楚說明「每一個人都應享有從事體育運動的可能性，而不受任何形式的歧視」，其中所提體育精神、民族精神和國際主義精神集為一體的世界級運動盛會象徵著世界的和平、友誼和團結，這就是奧林匹克精神的體現，怎麼會等到代表國家隊的台灣競速滑冰選手黃郁婷出戰北京冬奧賽就變成毫無運動精神的「運動無國籍」？試問黃郁婷是「無國籍代表隊」自律神經失調的無國籍人士嗎？

當 1896 年第一屆現代奧運會確定奧林匹克精神的目的在於促進人類的精神發展，意圖全面教育、鍛鍊人的性格，培養人的道德，教育物件不僅是那些參加體育運動的人，還包括普羅大眾，但現在的奧運會完全悖離奧林匹克精神，一切以「運動達成金錢至上」為目的，導致為贏得獎牌獎金不擇任何齷齪下流卑鄙的手段，促使過度商業化、濫用興奮劑、職業性腐敗等問題，所浮現出的黑分、黑哨、假體育、假比賽、假球，更嚴重危及奧林匹克理想，過度經濟式商業化的奧運會逐漸玷汙摧毀崇高的奧林匹克運動精神。

國家代表隊沒有國家觀念，運動家沒有運動精神，藝術家沒有藝術素質，難道是我們的教育環境錯位了嗎？為什麼有那麼多臺灣出錢出力栽培出來的人才一出國就扭曲變形成為我們都無法認同的人？台灣的國際外交確確實實很艱難，但代表國家出國比賽的選手絕不能缺乏同仇敵愾的精神互想鼓舞士氣爭取名次，罕見如黃郁婷這種「商女不知亡國恨隔江猶唱後庭花」之人憑什麼代表國家運動選手？看看毫芒藝術家為讓世界看到台灣的努力，黃郁婷們能不羞愧到無地自容？

政商界狼性瀰漫臺灣社會

每當想到報復性消費，心情就萬分沈重，想想台灣不缺賣國求榮的大商人，更不缺喪失台灣意識的金錢藝人，現在要找到像台積電董事長張忠謀這樣的願意無私無條件默默付出的企業家幾乎已經成絕響，我完全無法理解為什麼一向平和的台灣商人竟為了經濟利益不惜以仇恨環境用語「報復性消費」來懲罰後疫情的無辜消費者？切記久利之事勿為，眾爭之地勿往，何況以小悪棄人之大美，以小怨忘人大恩！

最近台灣民眾隨著國內疫情趨緩，中央流行疫情指揮中心宣布大規模鬆綁各項社會活動限制，受疫情持續蔓延的影響，人人都相當期待解封後的種種出外旅遊、消費等等作為，特別是商人為了經濟目的，公然提出具有強烈性仇恨性質的「報復性消費」來帶動社會風向，這種只有在狼性生活環境下所產生的習性逐漸感染現在台灣人的生活消費習慣，當大家都被「報復性」同化之時，一向平和的台灣也將步上四處充滿仇恨的氣息，更可惡的是商人利用報復性傷了你、我的財富。

過去我們所受的教育是「久利之事勿為，眾爭之地勿往，勿以小惡棄人大美，勿以小怨忘人大恩」，對於經濟利益的缺失衝突，政府會在財務許可範圍內以「補償性」方式來補償一般民眾經濟活動的損失，不知曾幾何時具有仇恨本質的仇恨環境用語的「報復性」登堂入室滲透進入台灣的生活習慣中？當「報復性」取代「補償性」發效之際，難道未來我們對很多事情的不滿都要採取「以眼還眼、以牙還牙」的方式，使別人身心或物質上蒙受痛苦、不舒服或損失的報應？當有一天有一群披著濃濃狼性味道的台灣人向我們大家怒吼時，不要怪別人，只能怪我們自己才是真正的「始作俑者」！

為什麼商人無祖國？因為在親情與經濟利益之間，他們選擇了後者，當經濟利益排序第一時，商人就會利用種種社會低落情緒，製造侵略價值來懲罰無知又無辜的消費者牟取暴利，大家應該記得，當疫情造成消費跌至谷底，剛解封之初，政府祭出振興五倍券，舒緩民眾長期的壓抑情緒，卻讓商人嗅出龐大鉅額商機，他們利用道德，發展層次較低具有仇恨性質的「報復性」消費來取代「補償性」消費，確實成功地收到社會控制的効果，「報復性」的用語現在已經在無形之中成為台灣社會的權威性用語，難道大家都沒發現台灣政商界狼性的仇恨已經四處瀰漫。

有人說「商人無祖國、戲子最無情」，事實證明確確實實是如此，唯一的意外是台積電董事長張忠謀竟然願意為台灣無私無條件地默默付出，現在幾乎已經成絕響，我無法理解在自由民主的台灣商人竟為商業利益不惜以仇恨本質的「報復性消費」來懲罰後疫情的無辜消費者？真的是「規矩不能方圓，鉤繩不能曲直」！

民族英雄與世界公敵

一個喜劇演員當總統對抗強權特工當總統的強烈對比，烏克蘭總統澤倫斯基已成為民族英雄，而下令入侵烏克蘭的俄羅斯總統普丁政府及個人皆成為民主國家譴責制裁的世界公敵、國際戰犯，其命運已註定與前伊拉克強人海珊沒什麼差別，再看烏俄戰爭中烏克蘭全國地不分南北、人不分貧富、男女老少拿起武器抗俄展現強勁的愛國心深獲國際的好評，真是「國家昏亂有忠臣」，哀哉！台灣的部分政治人物的言行舉止竟如「飄風不終朝、驟雨不終日」！

國家昏亂之際，臣節難立忠義難盡，此國難當頭之時，捨身報國力扶大義鎮安國家雖難免被說成「有心立名」突顯忠於國家之聲名，當軍事強權國家領導人俄羅斯總統普丁發動軍事行動揮軍入侵鄰國烏克蘭領土，而烏克蘭的國家代表隊的體育選手、網球明星、藍球名星、知名藝人、選美小姐及遍及世界各地的烏克蘭人為抵抗俄羅斯的入侵，竟然皆拋棄現有名利返烏抗敵，烏俄戰爭讓我們深切暸解敵我之間所謂的「運動歸運動、演藝歸演藝」完全是敵人利用財色亡我之兆，今天不援烏克蘭，將來誰來援我？

當演員總統到當選總統已經是一種傳奇，特別是俄羅斯普丁宣布入侵烏克蘭時，全世界都帶著看笑話諷刺的態度看待喜劇演員出身的烏克蘭總統澤倫斯基，甚至美國總統拜登及美國官員皆認為在俄軍強勢武力進逼下，烏克蘭首都基輔恐在 96 小時內淪陷，之後烏克蘭很快就束手投降，甚至謠傳澤倫斯基已外逃，誰知澤倫斯基與烏克蘭人民皆表現出鋼鐵般的堅強意志護「烏抗俄反普丁」，特別是澤倫斯基以視訊方式在歐洲議會發表言論撼動人心的談話，令歐洲議會與議員動容全體起立鼓掌向澤倫斯基致敬。

美前總統雷根也是演員出身，當年就任總統與澤倫斯基就任總統遭外界質疑是否有能力帶領國家度過種種國際外交政治難關險境？事實證明他們雖是政治素人，心中卻深藏著愛國護家之堅定決心，當澤倫斯基扣人心弦地強調「烏克蘭人民正在為生命而戰，而生命將戰勝死亡，光明將戰勝黑暗」，俄羅斯入侵烏克蘭讓澤倫斯基已從政治素人變身為令國際社會的所有政治人物信服的戰時領袖，堪比第二次世界時期的知名英國首相邱吉爾！

話說烏俄戰爭造就戲劇中的小丑變身為真實生活中槍林彈雨下的戰爭英雄，自己國家自己救驗證一個喜劇演員當總統對抗強權特工當總統的強烈對比，任意發動戰爭入侵烏克蘭的普丁已成為民主國家譴責制裁的對象，其命運將註定與前伊拉克強人海珊沒什麼差別，再看烏國地不分南北、人不分貧富、男女老少拿起武器抗俄展現強勁的愛國心深獲國際的好評，真是「國家昏亂有忠臣」，哀哉！台灣政治人物的言行舉止竟如「飄風不終朝、驟雨不終日」！

豈可用俄烏戰　比擬習近平與蔡英文

今日烏克蘭、永遠不可能是明日的台灣，卻有可能今日的俄羅斯、是明日的中國。窮兵黷武的邊際効應將從入侵他國那一刻倒數計時，註定侵略國開始從強國一路下滑成為衰退的國家！

當國際之間以俄烏戰爭普丁對戰澤倫斯基 用來比喻兩岸台海衝突時，習近平與蔡英文較量，其實沒有什麼好比較的一場民主被侵略者與獨裁侵略者之爭，展現猙獰恐怖冷血的投降主義者的賣國行為與愛國主義者的熱情慷慨赴義，讓我的腦海中不斷浮現出「國家昏亂有忠臣、戰火紛飛出勇士」！

俄羅斯普丁發動侵略鄰國烏克蘭的戰爭震驚國際社會，這一場民族主義、主權與領土之間的爭議 被定位為被侵略的受害者與侵略的害人者，兩國領導人俄羅斯總統普丁與烏克蘭總統澤倫斯基多年來的恩怨情仇禍及無辜平民百姓，在延燒的戰火中顯現出普丁冷血屠夫手段之殘酷無情及無辜軍人不知為何而戰前往戰場虐殺手無寸鐵的老弱婦孺。

反觀處於國防軍武弱勢的烏克蘭自總統到平民百姓的頑強抗俄意志令國際社會敬佩動容，而為烏克蘭拿下帕運金牌的沃夫欽斯基受訪說：「比賽前就想著為烏克蘭做任何事，想著戰爭，想著我的國家，想著國家的人民以及我們的總統，我愛烏克蘭，我愛體育，但今天我奔跑是因為我想要烏克蘭的生活能夠迎向未來」，真的是國小無懦夫盡出愛國人士！

若同文同種是普丁侵略烏克蘭的理由原因，那麼兩岸一家親豈不讓台灣人民不寒而慄？兩國戰爭中，俄軍的種種暴行，透過目擊者影像紀錄和國際媒體報導，暴露在世人眼前的斷垣殘壁與老幼婦孺屍橫遍野的影像，讓國際刑事法庭介入對普丁的戰爭罪嫌展開調查，且聯合國大會於 3 月 2 日以 141 國贊成、5 國反對、35 國棄權的壓倒性票數通過譴責俄羅斯侵略烏克蘭，從一連串的制裁譴責行為看出美國、歐洲與歐盟怕被捲入戰爭而龜縮成一團完全失去民主結盟之意義，烏克蘭遭俄羅斯侵略的導彈、戰機、武裝直升機等強大火力襲擊，美國與歐盟及 NATO 只會站在一旁觀看或高喊口號助威，並無實際的軍事行動，心中只有徒乎奈何！

烏俄戰火如同凜冬烈火熊熊燃燒照的妖魔現形難以遁隱，同時烏克蘭戰爭也照見與普世價值抗衡的國民黨與邪惡勢力唱和無法保家衛國，就像曹興誠所說「保家衛國一定要自己來做，親共人士質疑美國是否派兵協防台灣問題很丟臉，台灣 18 至 65 歲健康人口起碼上千萬，適當軍事訓練即擁百萬精兵，何需美國派兵」，國民黨等在野黨拿俄烏戰爭普丁對戰澤倫斯基來比喻兩岸台海衝突時，以習近平與蔡英文互相說事，國民黨等在野黨在政治上到底是黔驢技窮，還是江郎才盡無計可施了！

自己國家當然自己救，豈可仰賴他國來救？自己都放棄救自己國家而選擇投降主義，無法做到自救救人，人家憑什麼要救你？一個選擇投降的人沒有資格談什麼「國家問題」，所謂「六親不和有孝慈、國家昏亂有忠臣、戰火紛飛出勇士、嚴官府出厚賊」，豈可利用俄烏戰爭普丁對戰澤倫斯基，比擬兩岸台海衝突習近平與蔡英文較量政治涵養與國際深度與廣度？

俄烏戰爭啟動台灣的國際外交橋梁關係

自美中貿易戰開打後，緊接著武漢肺炎爆發，導致全世界近三億多人被感染，2022 年 2 月 24 日又發生俄羅斯普丁揮軍入侵鄰國烏克蘭，國際間關心臺灣的專家學者以「今日烏克蘭、明日台灣」來形容兩岸現狀，卻也有專研國際外交關係的外國知名學者以「今日俄羅斯、明日中國」形容未來歐亞的緊張形勢，針對未來國際事務，蔡政府雖求才若渴極思突破「一中原則」框架，然有心為政府接軌國際而効犬馬之勞者猶如「天象修而人形妍，無則晝夜乖舛而容儀陋劣」矣！前勞動部次長林三貴豈非特例！

當 2017 年 6 月 13 日與台灣建交超過百年的中美洲國家巴拿馬宣布與台灣斷交、與中國建交，觸發蔡政府開始積極推動新南向政策，同年 7 月 12 日蔡英文總統與南美洲友邦巴拉圭總卡提斯來台進行國是訪問時，簽署讓台灣免簽入境巴拉圭的行政命令，為秉持互惠精神蔡英文同時宣布自即日起對巴拉圭實施免簽證待遇，對拉丁美洲及加勒比海地區 10 邦交國國民來台免簽證，卻遭中國政府以「一個中原」打壓，施壓中東國家巴林，強迫我國將駐巴林代表處由「台灣駐巴林商務代表團」，更名為「駐巴林台北貿易辦事處」，台灣在如此多舛的國際現狀下，要如何擺脫中國政治意識形態中發展經濟？若無法聯結 INGO 架構替台灣在國際撐腰，蔡政府的新南向政策將是一場無法實現的南柯夢！

由於國際外交詭異多變，特別是自 2020 年 Coivld-19 疫情期間至今，台灣受來自中國一波一波的文攻武嚇及軍機繞台之威脅，竟意外從亞洲孤兒轉化成為國際寵兒，來自國際大企業家的龐大資金投資的好消息不斷釋出，台灣雖經常受國際情勢詭譎多變氛圍之影響，卻於 2020 年 2 月 26 日與索馬利蘭共和國政府經過協商，由外交部長吳釗燮與索馬利蘭外交部長穆雅辛在台北共同簽署中華民國政府與索馬利蘭共和國政府雙邊議定書，同意以臺灣代表處與索馬利蘭代表處的名稱互設官方代表機構，待遇比照處理外交人員特權與豁免的維也納外交關係公約，次年 7 月 20 日吳釗燮宣布預計在立陶宛首都維爾紐斯設立「駐立陶宛台灣代表處」，這是繼 2003 年設立駐斯洛伐克代表處後，相隔 18 年後再次在歐洲國家設立代表處，同年 9 月 30 日立陶宛國會修法通過政府可在未設立正式外交代表機構的國家地區設立經貿代表處，同時駐立陶宛台灣代表處於 11 月 18 日正式運作，而立陶宛駐台經貿代表處則於 2022 年初正式設立，有關台灣在國際外交的好消息頻傳，國人方覺得德不孤必有鄰，台灣已非昔日的國際孤兒！

新南向政策想與中國的一帶一路經貿脫鈎完全取代西進，卻可以併行不悖地自我經濟發展，台灣產業要靠外銷，如何先建立台灣與東南亞新的夥伴關係？先要做好跨部會協調研擬獎勵辦法與執行政策，做好南向政策執行的風險控管及評估，才有開創發展契機，蔡政府想突破舊南向政策的「投資帶動出口」方向，要如何排除東南亞等國的排華問題？將東協十國、南亞六國列為新南向重點發展區域，可順勢與市場力量同時進行雙邊、多邊交流、互動與投資，秉持以人為本的精神強化與 16 國密切合作關係及依存度，活絡台灣的資本市場立足國際，新南向政策若想有進展必先擺脫「一中原則的一帶一路」，否則台灣在多舛的國際政治現實中，完全無法躲過中國的處處制肘，隨時出現危機四伏之窘狀，而目前具備引領新南向政策的國際級領導人才是在哪？為什麼 INGO 才是南向政策的主題？因為新南向政策極須官、民雙軌爭取國際經貿活動空間，若沒有 INGO 的協助，南向政策將會是台商的另一場惡夢！除此之外，蔡政府要尋求發展經濟活路先要擺脫「一個中國的一帶一路」及國內政治意識形態的干擾，否則皆將淪為口號，空談！

別小看曾被前扁政府外交部長陳唐山譏諷只有「鼻屎大小」的新加坡雖是土地、人口上的小國，卻沒有政治意識型態或來自強權國家的國際排斥壓力，並透過優勢國際外交採用國家主權基金管理，以強而有力的政府明確清廉投資環境強化金融產業與生物科技業等來創造經濟發展，台灣雖有種種優勢卻難望其項背，除法令法規不如新加坡外，台灣內部的政治意識形態及中國因素嚴重影響經濟內、外發展難度。

自蔡英文執政以來決定不再走南向老路，積極推動新版的南向政策強化深耕南向政策之堅強意志，想要擺脫對中國的依賴，經濟面上免受中國處處制肘，針對東協 10 國、南亞 6 國及紐澳等 18 國建立「經濟共同體意識」，並投入 42 億元從經貿合作、人才交流、資源共享與區域鏈結 4 大面向著手，藉由資源、人才、市場和技術面的共享跟鏈結，創造互利共贏的新合作模式，以期建立起緊密經濟共同體的意識，力主經貿分散市場的機會，但能不能化口號為希望？相信主要還是人才！

蔡政府以「長期耕耘、多元開展、雙向互惠」來經營南向政策，藉由 18 個國家 6 億多人口市場供應鏈結合，做為台灣內需市場的延伸，可惜台商在沒有強有力的國家當靠山，如何去適應或溝通協調？何況台商在國外打拼經濟的最大障礙就是不同國家的多元化國情，特別是東南亞、南亞、紐、澳等 18 國各國語言繁複，宗教、文化與民情風俗與台灣不盡相同，想深耕這樣多元複雜化的市場人才難尋，若能找到瞭解當地語言、宗教、文化與風俗民情的僑生與留學生，若能深入瞭解南洋各國不同現代化不同程度的市場通路就不再是困擾問題，蔡政府要如何憑著「國內的軟實力，真誠待人的態度、企業界誠懇從商的態度」讓 18 個不同發展方向的國家願意與我互惠與發展「經濟共同體」呢？台灣的強項、特色與優勢要如何突出？

蔡政府若要強化南向政策須要有國際非政府組織的長期經驗的人才願意為蔡政府服務，最重要的要看蔡政府任人用事的態度積不積極，才能確定 INGO 國際非政府組織是不是南向政策的主題！才能從國際非政府組織中找到願意為蔡政府效力的國際領導人才，反之，沒有國際非政府組織的協助南向政策將會是台商的另一場災難！

前勞動部次長林三貴目前為國際技能組織（WSI) 擔任常務理事兼亞洲技能組織擔任副會長是台灣在所有國際非政府組織 INGO 中最具有影響力的人，何況目前具有經濟發展目的國際 INGO 除了眾所周知的亞太經合會議的 APEC、世界貿易組織的 WTO 外，還有一個近一百個會員國的國際技能競賽組織（WSI），若蔡政府的國際企圖心夠強大，何不利用林三貴在 WSI 的影響力來推動新南向政策，甚至培養林三貴出任 WSI 會長帶動臺灣走出「一個中國」原則框架，面對國際社會種種嚴竣局勢的挑戰呢？若不能善用此一優勢，蔡政府的新南向政策無異是「前線戰爭都打完了，武器才運到」！

前勞動部次長長林三貴表示，目前我在國際技能組織擔任常務理事兼亞洲技能組織擔任副會長，任期都還有一段時間還可以替台灣做一點事情，於 2019 年經過我的佈局，安排國際技能組織 50 年來首次在台灣舉辦常務理事會，並與我們簽訂的合作備忘錄在台設立國際技能組織能力建構中心 WorldSkills Capacity Building Center，如果政府可以運用 INGO 營造對我有利的環境，對台灣長遠來講是有利的，「橋」我已經搭了，就看政府願不願意運用了！

大國強國窮兵黷武如俄羅斯發動戰爭侵略烏克蘭樂極生悲，長期遭受中國文攻武嚇的台灣被視為國際孤兒，卻因防疫有成，逐漸成為國際關注的焦點，一夕之間成為國際寵兒，否極泰來、苦盡甘來的台灣，還得持續面對未來的國際政治趨勢走向，極思突破一中原則框架的蔡政府雖求才若渴能否拋開囿於政黨限制？然有心為政府接軌國際而効犬馬之勞者猶如「天象倏而人形妍，無則晝夜乖舛而容儀陋劣」矣！

穿越時空認識神豬

或許大家不相信有穿越時空這種事，但我是很相信，否則清朝大文豪紀曉嵐怎會認識綽號「神豬」的台灣第一豪門權貴子弟聯大公子呢？

話說生於雍正，卒於嘉慶的紀曉嵐性格幽默嬉戲悠遊官場，他最著名的著作閱微草堂筆記第一篇就是寫「神豬」，巧的是現在台灣第一豪門權貴子弟聯大公子的綽號「神豬」，顯見紀曉嵐確實在幾百年前穿越時空到未來見到了聯大公子，否則就不可能有神豬這一章節了！

一般人都認為豬是好吃懶做且又髒又臭，其實在萬牲園這本書中曾談到豬是很聰明的，而且曾經號召所有動物對抗人類，因為人類剝削牲畜，牲畜須革命，還差點推翻人類政權，籌組萬牲共和國奴化人類，幸好沒有成功。

畢竟豬與神豬還是有差別，看看萬牲園的豬正好訴說神豬的一些政治主張，別不相信，紀曉嵐的鬼故事真的很動人。

人物、政黨
時事
心得分享
政府、政策制度
其他

愚公為何花一輩子移山？

愚公移山後的眼淚，令人難以想像，原來「愚公移山」與「疑公移山」，真的有很大的差別！

愚公移山，意謂作事堅忍到底一定成功，其典故為北山愚公年九十，面山而居出入迂曲，率子孫平之，智叟譏其愚，愚公反駁道：我死有子，子又生孫，孫又生子，山不加增，何患而不平呢？

愚公移山的歷史典故是很令人質疑！但卻有案例可循，在清朝確有一位年輕人喜歡上深山中的一貌美如仙的美女，但要見到這位仙女，須一、二年的時間翻高山過峻嶺才見得到，為了見到美女，年輕人竟然下定決心鑿山為路，這一鑿竟花了五十年的時間，等見到的已是兒孫滿堂的資深仙女了！

花五十年鑿山為路見到美女之後，這位愚公悲從中來，深感自己是疑公，淚眼婆娑地想到自己為什麼要花一輩子時去鑿山開路？

以現在的立場來看，愚公與疑公有什麼差別？在科技不發達的封建傳統又專制的帝國時代，想把山移走，除了愚公之外，還有誰？疑公怎麼可能去移山？故意耍廢嗎？

古人鼓勵一般人為了成功應該堅忍一切，愚公移山後的眼淚，就是鬼話連篇！

台灣政黨與中國歷史小說

台灣的政黨用章回小說來形容，絕對是有趣的政治生態故事，先看民進黨內的政治人物，像不像水滸傳中的人物？國民黨最像三國演義，時代力量完全複製聊齋，而民眾黨只見柯文哲一個人有如孫悟空，整天戲耍七十二變，還真把所有政黨耍的團團轉！

當初柯文哲剛踏上政治社會時，經常在各種政治場合自稱擁有許多亞斯伯格症的特症，經查原來有這症狀之人，可能缺乏同理心，動作笨拙、有嚴重的社交障礙、會經常使用重複性言詞，種種跡象顯示，柯文哲的所謂「亞斯伯格症」，已被外國知名醫生定位為「輕微的自閉症」，其實有此症狀的人，大部分還是渴望與他人互動，只是在社交技巧上較為笨拙和呆板，難怪柯文哲的種種政治行為，有些遭扭曲的特徵！

如果用小說來形容目前的台灣政黨政治，台灣民眾黨就像西遊記，只有孫悟空在哪耍弄猴戲。時代力量就像聊齋裡的人物，男女緋聞不斷，就如同震撼社會的原住民立委高潞・以用的辦公室緋聞案盡是鬼話連篇。民進黨像極了水滸傳，每個人都很自我，找到機會就盡情發揮，希望得到高層關愛的眼神，這與水滸傳中梁山好漢與及時雨宋江渴望朝廷招安有何區別。而國民黨有如三國演義盡顯「內鬥內行、外鬥外行的奸詐狡猾鬥志、鬥智、鬥氣」，為了爭奪正統王權，捨我其誰？政治圈沒有是非對錯的問題，只有權與勢，誰掌權勢，誰就有理，現在總該明白事權在握的道理了吧！

不談其他政黨尷尬鳥事，台灣政治版圖上並不缺具有醫生背景的從政者，卻罕見有一種政治人物自稱自己有病，選上首都市長後，竟然在完全陌生的政治道路上穿市越縣地大鳴大放，還自組個黨當黨主席，真的像西遊記中花菓山的孫悟空大鬧天宮！但本事再大還是逃不出如來佛掌，想成佛非到西天取經不可。

自喻有輕微自閉症的市長柯文哲隨意發言，並沒有對他造成太大困擾，且經常故意搞不懂人情世故地講話白目，台北市民大概對他司空見慣了，話說回來，柯文哲之前的聲勢，靠的是電腦銀幕後面的網軍，這些網軍鍵盤俠總有面對陽光普照的白天，就算是鬼魅也將現形！戲說柯文哲會不會逃出如來佛掌？

親王滿街走 宰相不如狗

封建王朝統治階級為了控制國家政權，製造出平民與貴族的矛盾，這也是當時的主要社會矛盾，貴族的求勝意志超越平民日圖三餐夜圖一宿的食宿之基本需求，對於政治奢望並不高，汪小菲的媽媽張蘭強調貴族血統，明顯內心深處潛藏著門戶之見！

無論是入世或是出世有意製造階級矛盾，無益於貴族與平民門戶之見矛盾逐漸彌合，何況都已經民主時代了，還有人依舊存在強烈的封建貴族思維，要不是藝人大 S 徐熙媛與汪小因政治意識形態而離婚，引起兩岸網友熱議才爆出汪小菲的媽媽張蘭竟以出身滿清貴族來貶低徐熙媛的平民身分，都已經是自由戀愛的時代，張蘭內心竟隱藏著門當戶對的觀念，那麼張蘭當初對大 S 的對話，豈不是鬼話，到底那一句是人話？

張蘭的言行凸顯貴婦的哀歌，張蘭自稱是滿清貴族，其實滿清政府被推翻後，很多清朝遺留下來的所謂皇親國戚的親王貴族都已經變成生活上完全無法自理的「跪族」，過去王朝尚存還可靠著皇族世襲罔替的封邑過著有錢有勢無憂無慮的富裕生活，民國後甚至有很多親王穿街走巷到處行騙或靠人施捨地像狗一樣活著呢？讓我的腦海中浮現出「親王滿街走宰相不如狗」的好笑圖像。

回憶一下張蘭曾上電視訪談節目時驕傲地笑著說，「我就是個貴族，以前北京前門大柵欄一整片地就是我們家的，小菲可以說是皇家子弟，他是滿清愛新覺羅皇族的後代，他出身貴族骨子裡流著皇族的血」，唯有長期不幸的寡母獨子才會一再強調血脈的尊貴，甚至看不起認真幸福的平民百姓，由此觀之，張蘭夸誕不經之言詞並不奇怪！

貴族與平民只是人生觀的不同，無所謂優劣，在現實社會中早就沒有貴族平民之分，也不可能再發生嚴格對立或衝突，時至今日還一再強調貴族血統，若不是自卑，就是過度自負，若想證實滿清貴族，何不到皇陵去哭訴呢？

有錢扮貴婦　沒錢成跪婦

潮流趨勢導致一切向品牌看齊，從頭到腳離不開名品裝修門面，所以有人說一桌貴婦聚會餐飲就是一次的女性名牌服飾品的欣賞博覽會，社會風氣如此，男人要高富帥，女人要白富美，不符要求的社會男女只能靠運氣自求多福。

過去的傳統生活步調緩慢，左鄰右舍有來有往，你來我滿心歡喜，你不來我也不驚慌失措，時間就是這樣不斷的重疊，從黎明泛白，走到了黃昏日落，細數曾經走過的歲月，總是感慨良多，有收穫有付出，有淚水，有喜悅，人生悠悠轉轉悲喜參半，終是冷暖自知，旁人無法替代歲月最純美的語言，當你選擇生活就要學會承受選擇背後的心酸，苦樂參半，法國人形容「這就是生活，也是完美的人生」！

伴隨著經濟高度發展，人人向錢看齊，有錢好辦事，沒錢辦不了事，上至政府官員政界、商界人士，下至基層平民百姓個個見錢眼開，真的讓我們深深感受到什麼叫做「有錢萬萬皆能、無錢萬萬不能」，在這種經濟發展壓力下形成「男要高富帥、女要白富美」的社會亂象，此時此刻「男的矮窮酸、女的黑窮醜」就只能靠邊站，等待上天垂憐庇佑吧！

真正高富帥的男人絕配是「傻白甜」的女人，才會有真正的甜美未來，而非配白富美的女人，而白富美的女人絕配絕對是「呆壯直」的男人才能發揮未來美麗幸福的生活，高富帥與白富美都是反映社會現實生活中犯有強烈空虛的痴呆症生活者，他們太自負又恃才傲物過分的肯定自己，永遠不承認別人的美好，就算歲月無情光陰唏嘘，他們早失去當年的初心了！

看到女人有錢就扮貴婦，沒錢就成了跪婦的心酸，總讓人回想人生悠悠轉轉地酸甜苦辣樣樣嘗過冷暖自知，旁人難以歲月優美的語言形容，總之社會真的很現實，還真的是「有錢能使鬼推磨，沒錢只能求神拜佛」！

藏獒與戰狼的意識

藏獒具有強烈領地意識不容任何人、物入侵，而狼除了具有領地意識外，還喜歡入侵不屬於自己的領地，逐漸地擴大自己的領地範圍，所以大家對於那些大國的屬性，到底是藏獒，還是戰狼就已經不言可喻！

近年中國有一本知名小說狼圖騰，訴說中國的羊性太重導致近代不斷被列強入侵，書中主張只有血腥的暴力才有生的觀念，有此種長期教育基礎，又在電影戰狼強烈影響下，日積月累逐年將狼性發揮發効到中國全面性地以戰狼之姿向國際社會表達超級強國民族意識形態。

其實蒙古人認為狼是蒙古人生存天敵，狼並無團隊精神兩窩狼死磕，貪婪自私冷酷殘忍，宣揚戰狼精神是反人類法西斯思想，何況狼圖騰中的主張是完完全全地篡改蒙古民族文化，所以戰狼文化是對人類文化的一種挑釁，在現實國際社會中，還是有部分專制極權獨裁的國家採取具有強烈又濃烈的狼性治理國家。

藏獒容不得領地被侵略，也不會侵犯其他領地，狼則不容領地遭侵犯外，卻最喜歡隨意侵不屬於自己的領地，美國自喻為世界警察，確實也處處展現國際警察的形象去維持國際海洋航行及空中飛航安全，可惜美國軍隊在阿富汗落漆的撤軍，導致阿富汗這個國家遭受災難性的困境，同時也讓世人再度憶起當年美國在越南撤軍，造成越南發現種種不人道的逃亡難民潮！相信世人記憶猶新，到底美國可不可信呢？

因此在世俗人的眼中，拿藏獒與戰狼做類比豈不有神與鬼的差別，誰好誰壞？誰對誰錯？你怎麼做選擇？去求神拜佛吧！看神佛怎麼指示的。

「未參選就宣布退選」是何把戲

台灣最奇特的政治怪現象「未參選就宣布退選」，猶如少數的頑劣民眾未買貨就向店家要求退貨，這種行為令人百思不得其解，難道是智商低、限制了我們的想像？你可以不相信政治人物的嘴，但一定要相信世間真的有鬼！

自從 2000 年政黨輪替朝野政黨須依民意選舉勝負取得政權執政，自此台灣在政治上才真正走向自由民主法治的國家，就因為如此所引發的多重不合理的肢體行為都可以合理化為「言論自由」，在此種政治環境下造就了很多政客都喜歡以「未參選就宣布退選」，來刷存在感的奇特政治亂象。

政治人物想參選總統一定要有足夠的份量，至少通過連署門檻或政黨提名，否則就不要天天練肖話，讓大家看笑話！還是玩起根本都沒有登記參選就宣布退選的老把戲，這樣與一般頑劣民眾尚未付錢買貨，就跟店家要求退貨，令人難以想像這樣的政治人物葫蘆裡到底賣什麼狗皮膏藥？

政治人物有政治野心是可以理解的，即使將野心修飾為企圖心，我們也都有共識予以認同理解，但希望政治人物別轉化為不要臉的政客後，別忘了當年從政之初心，請自我謙虛反省檢討一番，拿出人類善良正能量的同理心深入瞭解基層市民的需求是什麼！

政治人物的話大都言不由衷，虛情假意沒有一點真實感，難道真的是「智商低限制了我們的想像」嗎？我寧可相信世間有鬼，再也不相信政治人物的那一張醜陋嘴臉。

酒色財氣　塵世的誘惑

酒是穿腸毒藥，能亂性更能壯膽，我們經常說色字頭上一把刀，如果沒有酒精壯膽就發揮不了「色不迷人人自迷」的創意境界，有色膽沒色心之人基本上都是一些財大氣粗的暴發戶，他深信沒錢就沒有身價，財不大何來氣粗，所以有人說「人無橫財不富、馬無野草不肥」正對應著「人為財死鳥為食亡」，這就是塵世最大誘惑的「酒色財氣」！

紅塵俗世多荒誕，佛法以「手把青秧插滿田，低頭便見水中天，心地清淨方為道，退步原來是向前」來說明塵世「酒、色、財、氣」在繁華熱鬧非凡的大千世界有無奇不有的種種誘惑，這些誘惑有如如水中倒影一般風光無限，唯有專注努力工作才不會迷失自我，看似退步實則是向前行，往往讓一步或退一步的人才能發揮真正正常人應有的清醒冷靜的智慧，很多貪官污吏常常因為一時起貪念，終身悔恨不已！

酒色財氣指嗜酒、好色、貪財、逞氣，佛法禪修常以此為人生入世修行的四大戒律，有人認為酒是斷腸毒藥，色是剮骨鋼刀，財是要命閻王，氣是惹禍根苗，也有人以為沒酒不成禮儀，沒色世上人稀，沒財何以經營，沒氣定被人欺，但你可知道飲酒不醉最為好，遇色不亂真英豪，不義之財不可貪，寬宏大量氣自消，論點不一各抒己見，別有一番情趣，常常被民間習俗傳為千古佳話。

能巧妙地將酒色財氣與國家社會、基層平民百姓的生活結合在一起，再把他們的歡樂苦痛煩惱愉快的酒色財氣賦予新的勃勃生機和喜慶色彩，步上短暫的酒色財氣如七色彩繽紛多彩多姿的人生雖美，卻最傷身傷心，其中財字最為世人所迷，猶如「七品小縣令、一朝城中坐，金銀不知數、鶯燕滿偏廂」，真的是三年清知府十萬雪花銀，往往是南柯一夢一場空！

和氣生財，有財方能發揮酒色的無限想像空間，好比「千金易得一氣難求鋒、酒空人空財色在其中」導致人心節節高於天酒色財氣不新鮮，唯我獨信人為財死鳥為食亡，何況人無橫財不富，馬無野草不肥，何必在乎人見人羨慕？

台灣貪官與中國貪官的區別

台灣與中國貪官有差別？中國有很多大貪官在落馬後都會一把鼻涕一把淚地懺悔痛心疾首地寫下萬言悔過書，甚至在法庭審理的最後關頭以法庭最後陳述表達其悔恨之情，台灣的貪官遭司法檢調單位偵辦時，馬上花錢請律師辯護，因為有「無罪推定」當護身符，至於是否能平安順利步下神壇？就看因果如何循環。

中國貪官大都是在黨政部門一、二把手上，這些黨政領導執掌著土地財政經濟等大權的實權人物，一人有權雞犬全都升上天了，即使最底層的鄉村幹部還是爭的頭破血流，就算是芝麻綠豆小小的九品官，還是個官，有了官位就會有權，有權就可以轉換為大把大把的錢財，有人說中國貪官不絕如縷，例如貪十萬判刑一年，貪百萬判個十年，超過千萬判無期徒刑，超過億萬以上判處槍斃，還是難以杜絕貪官污吏，因為司法審判權全部掌握在大貪官手中，制度上完全由事權在握者說了算。

人物、政黨
時事
心得分享
政府、政策制度
其他

台灣的官規官制是有層層民意及媒體監督，在中國一日有權終身為官，享受的福利待遇也是終身制，除罕見少數「突變異種」的清廉官員外，大貪官的成長過程都是從小貪官養成而來的，其中一塵不染的清官和貪污上億萬元的貪官都是少數，而處於二者之間的官員為數眾多，誰是貪官？不出事難窺探其廬山真面目，即使蓋棺論定還難以鑑定是貪官，還是清官！

台灣貪官出事，大都因為有人檢舉或司法檢調單位針對某些政商不對稱的工程或財務金流出現異常狀況，這些出事之政府官員、民代商賈，都會以無罪論定當護身符花錢請律師辯護，經冗長的司法程序後，往往「一審重判、二審減半、三審豬腳麵線」，結局不是輕判，就是平安脫困回家吃豬腳麵線，與中國貪官一審就認罪，不須經二審判決，除非貪官想與公權力對幹，或六月雪出現冤情。

「看到別人都在弄錢，我不撈錢感到孤獨，心理不平衡」的貪官經典肺腑之言，其實與無罪推定與有罪推定關係不太，畢竟塵世的誘惑太大，若能記住佛法所云：「手把青秧插滿田，低頭便見水中天，心地清淨方為道，退步原來是向前」，若知所進退，起貪念之前應思因果循環，方能平安步下神壇。

一之為大陰陽變化

華夏文字的奧妙為字的筆畫愈少，所淵生的問題、事情會愈加複雜，這就是為什麼一分陰陽產兩儀才有四象，例如一個人獨處時會想很多問題、很多事情，當人多聚集時，大家都在討論很多問題、事情達成一項共識，所謂「海之為大能容百川」似如「一之為大陰陽變化」！

易經源於數字「1」之變化，即所謂易經之原始為太極陰陽未生渾茫廣大之氣，太極變化而產生天地兩儀，兩儀變化而產生金木水火四象，四象變而生天地水火風雷山澤是謂乾坤坎離巽震艮兌八卦，經由此八卦相重而產生六十四卦三百八十四爻，以含蓋宇宙萬象，而系之以辭用斷吉凶，因此有了易經，遵循易經之道順天地之千變萬化自然能趨吉避凶，而造成偉大的事業。

一個人的事很複雜，眾人之事則漸趨於單純，從數字角度出發去觀察 1，無論怎麼都是 1，但當你從有生命力的動植物去研究 1，很容易發現經過時間一年四季不停地運轉，1 個男人加 1 個女人逐漸倍增人數，同時植物也因為春夏秋冬四季氣候變遷，開始從原來的 1 株小樹衍生為小小樹林，再經由長年累月地成長，百千年之後，我們看到平地、山陵高山處處都是綠油油的森林。

或許我們也曾經討論過的「先有雞，還是先有蛋」，到底雞與蛋何者為先？如果先有雞，那麼雞源自於何處？若先有蛋，請問蛋難道不是雞下的嗎？但為什麼是母雞下蛋？而不是公雞下蛋？在天地之間陰陽變化，以人類的智慧經百千年的努力研究，即使到了今天高科技產業高速發達到將人類送到其他外太空的星球去探勘適合人類居住的環境，雞與蛋的先後順序還是沒有定論！

天地萬物以無而有，以一而化之，萬物雖各具一性，實同於一性，此皆為自然之妙，天地生成萬物千變萬化自然而然，譬如大海之為大乃萬派千流，不求歸而自歸終匯流於一，此為「一之為大陰陽變化」！

情人眼裡出西施

男歡女愛容易情人眼裡出西施擦出火花，此時俊男激發兩種特殊追求美女的類型，一種是充滿激情，他們想在每個美女身上找出自己的理想，另一種是文人墨客想要四處尋找無限的多樣性美女，同時男女雙方情緒心領神會釋放出意氣相投彼此中意對方，有如王八看綠豆，真的是青菜蘿蔔各有所好。

莎士比亞名劇「羅密歐與朱麗葉」的西洋愛情故事就像變調的情人節訴說商人最精明，戀人最盲目，文人最無聊，當年有個無聊的文人望著天上的星星，編寫了「牛郎織女」的故事，盲目的戀人信以為其，代代相傳直到現在精明的商人介入這個美麗的傳說，把美麗的傳說轉化為市場商機再以商品出售牟利，卻害了原本只想看星星就足夠的「梁山伯與祝英台」，更像美國電影西城中兩位俊男美女相互愛戀，卻身陷不同敵對社區環境，結局當然是以悲劇收場，有情人難成眷屬，令人悲催不己！

這是心靈假期嗎？如果妳願意陪我走到世界盡頭，愛一定可以改變一切，微笑就可以看到幸福，複製妳的身體，計劃妳的逃亡，未來地球上最後的一場最美麗的愛情故事將不再是戲劇導演發起的，而是由妳我兩人來共演的，不同的美女擁有不同的氣質，不同的俊男也會有自己心所嚮往的心異性，試問俊男美女身上有什麼迷人氣質呢？是清純淡雅或可愛靈動呢？何種特質讓異性為之傾倒呢？

近代最精典的情人眼裡出西施的愛情故事，莫過于 19 世紀末的英國王愛德華八世當今伊莉莎白二世女王的伯父，其愛美人不愛江山的愛情故事，直到今天尚為大家所津津樂道，其實愛德華高大英俊風度翩翩，還未成為國王前，他並非痴情之人，直到遇見長相一般二婚的辛普森夫人，雖然不受王氏家族祝福的婚姻，愛德華寧可選擇放棄王位退位給他的弟弟喬治六世，娶了辛普森夫人，對一向高不可攀的英國王族來說，他可說是「情人眼裡出西施」最精典的真實愛情故事。

愛江山不愛美人或愛美人不愛江山盡顯青菜蘿蔔各有所好，人需要經常在撒謊的美化鏡子前好好仔細地看著自己，並滿足承認鏡子裡的自己，否則虛偽的表像就會趁虛而入，至於情人眼裡出西施有如王八看綠豆，看對眼就好啦！

要政治人物斷捨離何其難

要政治人物清心寡慾戒除政治企圖心，過上斷捨離的清淨單純地專業問政，你想可能嗎？大家不妨猜猜知名女歌星「林憶蓮」獨缺什麼？也是現在所有政治人物最缺的東西，今天的國家政局及社會情勢緊張就因為政治人物缺少個「恥」字！斷捨離放手需要多大的勇氣！

絕大多數的政治人物，多行詭詐之謀，尚利尚名皆為自私自利之事，此智慧所出之害，卽所謂「智慧出有大偽」，社會之亂國家敗亡由此而產生，他們的政治語言行為有能力斷除煩惱證果是自己的覺悟？捨棄這些私有的成就才能換來無邊無量的大福德，否則即是故意努力去滑天下之大稽！

我們尋常百姓積極講求極簡單的生活，斷捨離簡單生活似乎變成大家心目中的夢想生活，但要實踐斷捨離理想，卻非我們一般人想像的那麼簡單容易，特別是政治人物追求的是凌駕於法律之上，享受權、錢及酒色財氣的特殊權利，還有種種的不受逮捕特權，出國的禮遇通關特權更非一般金錢財物所能表達的超高級榮耀。

東晉中阿含經曾提「生慾念不除斷捨離，生恚念、害念不除斷捨離」即為斷絕不需要的東西、捨去多餘的物品、脫離對物品的執著，後為日本沖道瑜伽創始人沖正弘倡導於 1976 年提出瑜伽理念經其嫡傳弟子山下英子註冊商標成為「斷捨離」的真正擁有者，並將「斷捨離」發揚光大普及世界各地。

能捨能離才能斷，對一般人來說，每一樣物品都充滿著滿滿的回憶，丟棄不捨、不丟又佔據空間，對政治人物談斷捨離更是捨離難斷定，除非想遁入空門，別再以為政治人物的惜福愛物是感恩的表現，其實是隱含著不為人知的政治目的，何況塵世繁華多彩一門心思放手需要多大的勇氣，斷捨離談何容易啊！

做虛弄假的社會是誰的責任

民主法治自由國家的台灣，民眾受教育程度提高，對於過去的封鎖新聞及白色恐怖的威脅，導致大家不敢說「真話」，大家都偽裝成好人講好話，到現在言論自由全面開放的選舉時代，政商道途上最優良美德，竟然有大部分人故意失去眼睛及耳朵的功能，依舊裝聾作啞縱容貪腐橫行！難道我們還要聲淚俱下繼續「說好話、做好人、存好心」嗎？

虛偽指數破表，真情指數則全部作虛弄假的社會是誰的責任？難道不是檯面上這些政治人物、高官酷吏、紅頂商人的行為舉止帶動嗎？這些人的言行舉止一舉一動除了是所有國家未來的主人翁學習的榜樣外，更反映出國家社會的行為模式，因為這些政治人物、高官酷吏、紅頂商人也是學前人「有樣學樣、沒樣靠想像」！

所謂「金玉滿堂莫之能守，富貴而驕自遺其咎」乃為身外之物當以道德為重，不受外界物質誘惑，不貪不妄知足常樂，更不會因為富貴而由於內心逐漸增強驕傲的虛榮心，我不以傲慢態度強加於人，別人必將以謙虛和善回饋於我，倘若我們精神耗散地追求富貴，必遭百病入侵我們的精氣神，即使擁有千百億家財，又豈能醫治，逆天道而行將功敗垂成美夢成空。

警世良言說：「福生有兆禍來有端，情莫多妄口莫多言，蟻孔潰河溜沉傾山，病從口入禍從口出」意指福氣是有徵兆的，禍害的也是有原因的，千萬別放縱情感做不適當的事情，更不要隨便信口開河胡說八道，千萬別小看螞蟻的巢穴，他可以讓河堤崩潰就像小股的水流能夠衝倒高山一樣，這與人的疾病災禍皆出自嘴的物事進出有關，為避免世間的災禍四處蔓延，請注意福兆先修口！

之前行政院推動「說好話、做好事、存好心」的三好運動，結果推出一堆貪污犯，為什麼不敢推「說真說、做真事、存真心」？因為政治人物不甘於平平淡淡地運用權術，他們淋漓盡致地發揮得來不易的政治利益，你覺得「三好」與「三真」的差別是真好，還是真壞？是害怕病從口入，或害怕禍從口出？難道下一世代還要再遵循「有樣學樣、沒樣靠想像」！如是何不聲淚俱下嘶聲力竭真誠地推動「三真」運動呢？

政治蒼蠅逐臭的感染力

誰是台灣政治上的蒼蠅？用台灣外來入侵物種的埃及聖䴉當祭品就可以撲殺所有政治蒼蠅！其實封建皇權與民主選舉都是為爭取中央政治核心的主宰大權，無論這種大權多麼令人噁心不恥，依舊誘惑著一堆追逐權力的政治蒼蠅前仆後繼，這種「眾人熙熙如享太宰，如登春台」的精神令人敬佩呀！大家別太輕忽政治蒼蠅逐臭的感染力。

呂氏春秋有云，「人有大臭者其親戚兄弟妻妾知識無能與居者，自苦而居海上，海上人有說其臭者，晝夜隨之而弗能去」，喻有個身上發臭味的人，導致致他所有的親戚、兄弟、妻妾、相識的人都不願和他一起生活和交往 ，他自己也很苦惱憂鬱，只得遠離親友遷到海濱居住，但海濱卻有一個人非常喜歡他身上的臭味，晝夜跟隨著他，一步也捨不得離開他，這與政治人物在競逐政治權力豈不有異曲同工之妙，才會有那麼多逐臭的政治蒼蠅前仆後繼！

相信一般人討厭蒼蠅這種昆蟲，它雖然很小隻飛行速度極快很難予以撲殺，一隻就夠令人覺得心情煩躁難耐，更不別提有隨時隨地都會有一群蒼蠅不時地出現在我們大家的面前，能不令人崩潰嗎？何況蒼蠅除飛來飛去的很討厭之外，對人類環境的危害更鉅大，你能想像政治人物的作為與逐臭的蒼蠅嗜好陳年往事古老不堪使用的發臭腐爛政治垃圾嗎？有時候深感政治人物有如打不死的蟑螂，但他們的政治作為更像逐臭的蒼蠅。

有垃圾的地方就少不了蟑螂及蒼蠅這些逐臭之物種寄生，據傳古埃及時代埃及聖鸝倍受尊崇，且會被製成木乃伊成為托特的象徵可以對抗蛇，並將埃及聖鸛作為祭牲就可以殺死帶來瘟疫逐臭的蒼蠅，同理我們可以在台灣政治生態環境中找到政治埃及聖鸛來撲滅政治蒼蠅，盡一切努力想辦法不再讓台灣成為政治垃圾的回收場，為了台灣人民能夠呼吸一口新鮮的政治空氣，將政治蒼蠅全面撲殺吧！將政治垃圾全部送入焚化爐焚燒吧！

壞人就要有惡人來治，蒼蠅就須有埃及聖鸛來撲殺，不同物種都有逐臭之物誘惑逐臭之人，無論這種逐臭之物多麼令人噁心不恥，依舊誘惑著一堆追逐權力的政治蒼蠅前仆後繼，這種「眾人熙熙如享太宰，如登春台」的精神令人敬佩呀！大家別太輕忽政治蒼蠅逐臭的感染力啊！

登山難，登天更難

天地玄黃宇宙洪荒日月盈昃辰宿列張說明古代「天圓地方」荒亂不堪，自義大利航海家哥倫布發現新大陸後證實地球是圓的，將天圓地方修正為天方地圓，天地之間海枯石爛地可測，天之高遠難測猶如地上君王天威難測，真的是登山難登天更難，深處天地人之間，樂觀點「天堂雖好，不如活在當下」！

無論是天圓地方或是天方地圓，或一花一世界一沙一天堂，皆源於無名天地之始，當你有感於登山容易登天難時，總覺得人心易猜天威難測，過去帝王為了王權統治將極簡單之事物化複雜，平民百姓將極為複雜之事化為簡單，所以權貴人士視想過簡單生活為幸福的節奏是比登天還難，反之平民百姓簡單生活不若皇親國戚或有權有勢的貴族的複雜，更無能力化簡為繁改變單純單調的生活，所以可以適性而為，隨性而行自由自在！

山再高高不過分布於青藏高原南緣處於西藏與巴基斯坦、印度、尼泊爾、不丹等國邊境上的喜馬拉雅山脈 8,848.86 公尺的「珠穆朗瑪峰」，而天則深遠難測，我們平凡人僅能從善如登、從惡如崩順隨善良就像登天一樣艱難，順隨惡行就像山崩地裂一樣迅速墜落，想學好很難，想學壞命極其容易，這些往徑告誡我們要學會自制、自律，多去學習別人的善處，我們善待他人，別人也會善待我們，這才是天地人三才積極地改變聽天由命的消極的態度。

天地玄黃宇宙洪荒日月盈昃辰宿列張訴說著茫茫宇宙遼闊無邊從宇宙的誕生、開天闢地開始講到日月星辰、氣象物候、地球上的自然資源，人類出現以後太古和上古時期的歷史，最後以人類社會的出現和王道政治作為，續述人的修養標準和原則，講述與王朝統治君子齊家治國平天下的處身之道，天地如是，大丈夫恬然無思，澹然無慮以天為蓋地為輿，四時為馬陰陽為御，如此而已！

無論是天圓地方或是天方地圓，自哥倫布發現新大陸後證實山高水深皆可量，唯天難測，無論從善如登或從惡如崩，朕即是天下率土之濱莫非王土的時代早成歷史，天大地大與我何干？天堂雖好，還是努力活在當下吧！

政治人物是無血無淚的異種？

很多人都認為政治人物是無血、無眼淚的無情物種，他們的感情異於常人的表現，除了政治表達能量超級無敵外，他們的感情有如外星生物一般，與我們毫無關，似乎他們關心、關注的人事物七情六欲完全與我們不同，所以有人形容政治人物的眼淚絕不會輸給「鱷魚的眼淚」！此證眼淚訴說人一生中的悲歡離合、喜怒哀樂！

人終其一生的所有歷程中所經歷的生老病死從不缺淚，從娘胎出生那一刻的第一聲哇哇哇大哭聲明表達來自這個世界後，讀書受教育歷經長期小中大學、碩博士的知識豐富成長，出社會結婚組織家庭賺錢養家繁衍後代子孫，等後代子孫與你我一樣成長歷練，之後退休養老至死，這中間我們的所有喜怒哀樂、悲歡離合都是用眼淚來盡情表達，所以我們是相信眼淚的真誠，虛偽很難摻和其中。

眼淚是人類喜怒哀樂的情緒反應，無論你在悲傷歡樂眼淚都會訴說你內心深處到底在想什麼？唯有眼淚讓人類與其他動物、植物區別分類出來，其實除人類有熱情冷血的情感表達外，其他動物、植物也是有他們的隨著四季天候變化不同的情緒、情感表達方式，只是我們無法以人類自以為是的理解方式去對待他們，畢竟物種不同眼淚代表意義還是無法瞭解！

有人形容政治人物的眼淚有如鱷魚的眼淚，因為鱷魚會一邊吞食獵物一邊留下虛偽的眼淚，用以比喻政治人物意欲致某人於死地或蓄意謀殺，卻在表面上為對方悲慟的行為，大家不妨回想 2021 年的罷免基進黨立委 3Q 哥陳柏惟、四大公投案及立法委員補選及罷昶案等政治鬥爭事件中的政治人物的眼淚是否有血有淚有流動嗎？他們眼睛中閃爍著仇恨與鱷魚的眼淚有什麼區別？不知為什麼眼光中帶著凶神惡煞般的人永遠不會相信眼淚的真誠！就算是淚流滿臉無心無血的政治人物還是依然故我！

眼淚訴說人一生中有血有淚的悲歡離合、喜怒哀樂，與冷血的政治動物不一，所謂人不可離於道，猶如魚不可脫於淵，故炫露才智起釁招尤，其將來之患終不能免於淚流滿面，當然我們流的眼淚與政治人物、鱷魚完全不盡相同，總之我就是相信眼淚的感覺！

替天行道纏身 豈非近廟欺神！

政治江湖本就是一條不歸路，任何人只要踏上政治路途，那將步上永遠無法回頭的道路，雖然路途彎彎曲曲遙遠坎坷難行，而混跡江湖的英雄好漢俠義人士重義氣，以水滸傳梁山泊首席頭領宋江高舉「替天行道」，其實心中深盼被朝廷招安，與大多數的梁山好漢想法落差很大，接受招安的結局落的梁山好漢沒有一個好下場，好個替天行道纏身的宋江，談什麼義薄雲天？梁山好漢豈非近廟欺神！

深入瞭解章回小說水滸傳中人事物環境隨著時間流逝，所有與過去梁山 108 條好漢的種種事蹟不難發現，為什麼大智若愚與大愚若智的最大區別是敵我對峙之際，一出手便知有無勝負已定，早人一步出奇制勝者叫先趨，慢人一時敗陣出局叫先烈，故想當先趨得有細微之高超的觀察決斷智慧，搭配上做事果決果斷是非兼具有規劃能力更不能缺乏執行能力，沒有規劃能力又缺乏執行能力，往往還自以為聰明過人，賣弄小聰明，自許為旗開得勝馬到成功之先趨，其實早已成為沒有一點點智慧的先烈被犧牲掉了，何謂「難得糊塗真智慧」！

當山東及時雨宋江於迎著凜冽的寒風烈烈作響之中在梁山水寨上高舉「替天行道」之大纛，高談闊論議及如何呼群保義、打抱不平、劫富濟貧、不滿貪官污吏、最後集結梁山與腐化的朝廷抗爭，非常聰明的宋江卻利用過去對淪落江湖失意的小恩小惠的施捨，讓講義氣逞凶鬥狠的江湖好漢深感俠義行為不如及時雨宋江，而改變過去愚蠢的行事風格，其實宋江充其量也只是小縣城的一個押司小吏卻聲名遠播及於五湖四海四面八方，犯案遭流放後落草為冠，等當上頭領雖高舉替天行道，實為等著朝廷招安回朝當官，竟高談什麼呼群保義，簡直是「近廟欺神」玩弄梁山好漢於手掌中！

若談江湖義氣絕對離不開三國時期的劉備、關羽、張飛三人的桃園三結義，特別是關羽過五關斬六將堅辭曹厚予的高官厚祿與美女的誘惑尋找失聯的劉備，讓後人瞻仰其「義薄雲天」之精神，相較於隋唐演義中的瓦崗兄弟毫無江湖道義可言，才會流傳「寧學桃園三結義，不學瓦崗一柱香」，話說小時父輩常教訓我們「少不讀水滸，老不讀三國」，因為看「水滸傳」容易讓青少年盲目崇尚武力與江湖義氣悖離現實社會環境，而老年人讀《三國演義》容易陷入三國人物善於巧計使謀處心積慮鉤心鬥角，整天鎮日忙著處處想著如何算計別人！

什麼時代還談呼群保義！江湖兄弟心目中早不存俠氣風骨，有的是「護錢保義、有錢有義氣，沒錢，義氣是個屁」，不妨看看新聞媒體經常報導有關黑道大哥不顧江湖道義在財色方面栽贓嫁禍小弟，導致小弟心懷不滿綁架擄人勒索大哥錢財，好個替天行道，大哥與小弟之間再談「義薄雲天」，誰又「近廟欺神」？

人在冏途的理想！

理想很豐滿，現實很骨感，這對人在冏途的困窘情況是多麼的難堪，除非你親臨現場，否則難以想像其中的酸甜苦辣味道的！無論是不是在逃避現實,或是不願面對社會現實，就算是幼年的童話故事,我們也都願意去做這黃粱大美夢，所謂「言無瑕謫、語無口過，心自清而神自靜，形不勞而氣不散」，妙在多言數窮不如守中！

有人說現在的年輕人是草莓族不具有社會抗壓能力，也有人說他們是月光族沒有任何積蓄，對未來充滿不確定性沒有安全感，談憧憬那可是太不切實際，反而是前總統陳水扁過去選舉時有一句「有夢最美、希望相隨」的精典名言最勵志，記得當時遭到很多人譏諷就這八個字的政見就想要與具有長期執政優勢又財大氣粗的國民黨籍總統提名人選競逐大位，簡直是痴人說夢話，而二千年的政黨輪替成真時，打破「理想很豐富、夢想太骨感」的例子，讓理想與夢想結合創造了很多的無限可能！

美國華盛頓郵報曾於 2007 年邀請世界上最優秀的小提琴家約夏貝爾在華盛頓特區地鐵站入口裝作街頭藝人用他那把價值 350 萬美元的小提琴連續演奏了 45 分鐘的 6 首巴赫作品，而在地鐵站人來人往約有一千多人中，只有不到 10 人真正駐足欣賞他的演奏，金錢捐捨也僅有 32.17 美元，這個社會實驗讓大家見識到，當在不對的地方即使是世界上最好的小提琴家拿最好的小提琴來演奏世界上最知名的音樂作品還是鮮少有人願意去欣賞在歌劇院得花上二、三百美元門票的同樣演奏，這說明我們在匆忙的人生當中錯過很多身體的美好事物，更證明人要在對的地方才能體現出自已的真正價值，理想是不是很豐富，現實是不是很骨感？

理想遠於夢想而高於現實，年輕人的理想太高容易出現錯誤，無論如何努力都無法實現自己的理想，更別提追求夢想，想要把理想與夢想結合於現實中去完成，卻忘了主觀的夢想與客觀的現實往往會妨礙年輕人的選擇，何況夢想更不能隨心所欲，理想和現實就會成為一條難以跨越的鴻溝了，我們可以用調侃的語氣說「理想太豐富、夢想太骨感、現實太殘酷」，畢竟理想與夢想只是渴望與奢求 , 或許在現實中難以實現 , 實際上是空想，我們也很清楚明白那是童話中的故事，卻願意幻想有如此美好的黃粱一大美夢！

「理想很豐富、夢想太骨感、現實夠殘酷」對應著人在落寞時，就算你有呼喝千軍萬馬之能，可是人在冏途時，一碗熱騰騰的魯肉飯勝過黃金百兩，一瓶解渴的礦泉水勝過甜美山珍海味的湯頭，猶如「言無瑕謫、語無口過，心自清而神自靜，形不勞而氣不散」，妙在多言數窮不如守中！

用傻瓜照相機是你我傻？還是照相機傻？

當我們用傻瓜照相機照相時，想沒想過到底是你傻？還是傻瓜照相機傻？同樣的，當我們擅長操作智能科技產品作業時，有沒有想過到底是你有智慧，還是智能科技產品有智慧？若你還認為智能產品是人類智慧的結晶，那麼有一天當智能產品因故無法控制或故障時，你將永遠無法再回到過去那種人類天生本能，甚至連最基本的思考邏輯都已經快要喪失了，所以無論科技有多麼進步，老天賦予我們的基本生存能力絕不能全部拋棄！

人為什麼笨了？因為為高科技的智能取代人類的智慧運用，當初沒有電腦時，我們媒體的新聞全都是用手寫的，自有電腦後，大家都逐漸習慣用電腦，電腦的運算確實快速又方便，卻是打出來的，不是寫出來的，我們就逐漸失去手寫的功能，且很多文辭語彙也慢慢的陌生，連寫一篇正常的新聞或文章都會錯字連連錯誤百出，再別談隨便的寫一篇文章，欣賞一段完美詩詞了！

我們辭窮語塞了嗎？不是的，是科學太進步逼得我們學習的很辛苦，當科技一日千里地進步，隨便橫空跨越一小步，我們都得花費好幾年，甚或幾十年的時間才能跟得上，你想我們的一生又有幾個幾十年可以浪費的呢？

話說那個沒有手機的年代是民風最為淳樸，讓人最有感覺的社會，也是有情有義的年代，像極了一張純樸無華的黑白照片，那像今處處以色彩意識形態取勝，九十年代學成歸國，公車上有人手持「黑金剛」打電話，公共電話亭越來越少，心態一時不能調適變化中的大環境，諸如 e 世代追求次文化的言行率性，祇要我喜歡沒什麼不可以，直到 21 世紀來臨，隨著智慧型手機帶來難以想像的方便，但人際關係反而變得愈形交錯複雜，回想手寫情書投幣打電話的年代，收到朋友的回覆心情是多麼的愉快，因為它是經過手工打造，具有人性溫度，而不是機械上的冰冷！

1952 年成立的中國青年反共救國團隸屬於國防部總政治部由蔣中介正兼任團長，直到 2 千年正式更名為中國青年救國團，主要工作為接待遊客及個人教育進修活動，當年救國團所舉辦的高中、大專院校的冬令及夏戰鬥營的種種活動在政府的輔導及軍方大力支援下，報名之踴躍常常有向隅之憾，所有報名參加者皆是高中與大專和軍校社團的菁英，文武青年交融成一片，聆聽講師的領袖培養課程，遊戲間學習團隊合作，當年並無高科技、高智能手機在同學友情之間的距離聯結，卻不影響所有人類的智慧的運用及人類溫暖雙手的擁抱！

有失有得智能衡量的時代代表用了傻瓜照相機照相才發現到底是傻瓜相機傻，還是你、我真傻？不過可確定的是當人類擅於操作智能科技產品作業時，我們人類溫暖多變化的基本智慧價值已經逐漸喪失了，今天無論科技多麼發達，我們絕不能拋棄人類的基本價值，別再傻了，心情好粗茶淡飯好過山珍海味！

錙銖必較　六親不認

為什麼生鏽的鐵塊刮不出黃金砂粒？因為斤斤計較銖錙必較徒使自己與他人增加不少困擾，每當涉及鉅大的金錢財務利益時，貪圖錢財之人就會利用經過美化的華麗言詞話語舌燦蓮花地帶動風潮煽動說服整肅報復無辜的平民百姓，結果賺的鉢滿盆滿地盈千累萬地累積難以估計的財富，有違君子愛財取之有道，別忘「收聚畜積而不加富，佈施稟授而不益貧」，何況「滾石不長苔，跳槽不聚財」！

有個的腦筋急轉彎的冷笑話問說，一塊錢可以買幾頭牛？答可以買九十頭 牛，因為九牛一毛！話說清朝時，有個非常有錢孤家寡人的員外郎，卻是非常非常地儉樸吝嗇，連自己的吃穿都相當計較，他每天天未亮就起來工作，到半夜才睡覺，很努力用心地經營自己的事業，但他們對自己所積累金銀財寶還不是滿足，更捨不得一分一毫的花費，甚至有佛們弟子或乞丐向他乞討施捨，往往推辭不了時，僅僅取些錢財邊走邊減少準備送人的數目，等到施捨時只剩下不到一半了，他還很心疼地不斷對乞討者反覆叮囑「我已將家中的錢都給你了」，你能想像有錢人一塊錢打 72 個結？

諺語說「一個銅錢用繩子結二十四個結」是比喻人的精打細算，吝於錢財，這種人其實不需要一塊錢打二十四個結 ，就能讓小錢變成大錢，獲得到財務上運用的自由，所以才會有「一塊錢可以買幾頭牛？ 回以九十頭牛，因為九牛一毛」的腦筋急轉彎冷笑話出現！極端吝嗇的人把錢財看得跟生命一樣重要，如此愛財如命、貪婪吝嗇的守財奴，他怎麼會去關心別人？凡想動他的錢財寧可六親不認！

17 世紀法國喜劇作家莫里哀重要的代表作「吝嗇鬼」創作於 1668 年，劇情為有一高利貸者阿巴貢愛財如命的吝嗇可笑，他放債，兒子舉債還愛上其父阿巴貢的意中人的窮姑娘，父子之間的錢財糾紛通過戲劇矛盾尖銳突出，栩栩如生的人物、戲劇性的情節和幽默諷刺的語言，真實深刻地揭露了資產階級積累財富的狂熱和金錢的罪惡，以及建立在金錢基礎上的人與人之間的冷酷無情，表明錢一旦被擺到至尊的地位，就會成為一種醜惡的力量。

你知道為什麼超人將內褲穿在外面、蝙蝠俠把內褲套在頭上？因為他們銖錙必較徒使自己增加不少困擾，還盡最大努力去隱瞞自己財產，一毛不拔的個性讓斤斤計較的人賺個鉢滿盆滿地盈千累萬地累積難以估計的財富，異於「滾石不長苔，跳槽不聚財」，真的是生鏽的鐵塊刮不出黃金砂粒，雖有違君子愛財取之有道，但也別忘了「收聚畜積而不加富，佈施稟授而不益貧」！

九天九地各有表裡

自古人禽有別，所謂「人分三六九等，馬分高矮肥瘦」，又以品操來區分為上中下流及不入流等四類，馬以馳騁速度來決定優劣良窳，所以人貴自知不患無用，未來才能有所大用，自幼我們便勤記「人品定優劣、苦練決勝負」，與古人所云「九天九地各有表裡」，暗符「善守者藏於九地之下，善攻者動乎九天之上」，相較之下高矮深淺立判！

戰爭民族強國俄羅斯總統普丁真的是盛極而衰，人的品格也從過去的上流降為入侵血洗烏克蘭的窮凶惡極的冷血劊子手，遭國際制裁的不入流國家領導人，反而與軍力不及俄國八分之一的弱國烏克蘭總統澤倫斯基其愛國情操人格特質從演員的一般流品提升為被民主國家政治人物模仿的上流對象，原本普丁輕敵以為三天可以以強大軍事行動力量奪取烏克蘭收為附庸國，誰知號稱世界第二大軍事強國的俄羅斯並不怎麼樣？倒是澤倫斯基的戰時親民作風將弱國總統的角色扮演成為國際性領袖人物，甚至可能因為品格上流被提名角逐諾貝爾和平獎的候選人！

相信讀過三國演義的人都記得「人中呂布馬中赤兔」，呂布在東漢末年群雄割據之際，是非常出眾的三國第一猛將，雖驍勇善戰，卻有勇而無謀心胸狹隘多猜忌好色輕情寡義，為了美女貂蟬不聽人言，他的一生就像一閃即逝的流星，最後難逃遭斬首的命運，而義薄雲天的關羽敗走麥城，當時人馬俱老去不復當年年青氣盛，人馬皆顯現心有餘而力不足之兆，關羽縱使有萬夫不敵之勇已不若當年，赤兔馬雖有千里一日馳騁之能終究難敵歲月無情的摧殘，下場與呂布並無任何不同，但品德卻有上下流之分，關公是名留青史遺芬百世，而呂布則遭後代子孫唾罵千代遺臭萬年！

無論是關羽、呂布或是赤兔馬皆屬人禽頂級品牌形象，卻有獨具的風格強化天賦彌補他們的缺陷，人格、獸性與個性，是人禽自我意識產生後慣性思維與外在表現的綜合，強化獨有的人之天賦偏向及赤兔馬千里一日往返奔馳之能耐才能展現出存在意義，人禽皆害怕失敗、錯誤而補強短板，不僅事倍功半，也將失去自我而庸庸碌碌徒勞餘生，知名人物與寶馬所以輕忽是因為意識到其破壞性，劣勢功能的發展通常在他們低潮時初期頻繁使用會有發現展翅雄飛之際，事實上年華漸去之劣勢趨向主導功能將隱居幕後，喧賓奪主的結果是精神分裂與毀敗的人生，且是無法復原的破壞性發展，此為關羽敗走麥城之主因。

別老是回想當年多英勇，為什麼無法回歸現實活在當下？因為他們都害怕權勢盡失年華老去空餘恨！所謂「人分三六九等，馬分高矮肥瘦」，自古人禽有別，又以品操來區分為上中下流及不入流等四類，馬以馳騁速度來決定優劣良窳，所以人貴自知不患無用，未來才能有所大用，與古人所云「九天九地各有表裡」暗符「善守者藏於九地之下，善攻者動乎九天之上」高矮深淺立判，這就是為什麼我們要勤記「人品定優劣、苦練決勝負」！關羽、呂布、赤兔馬、澤倫斯基、普丁及軍事武器等誰優誰劣？誰上流？誰下流不入流？不言而喻！

考試院要創造多少個何㷳軒？

依憲法規定，考試院為國家最高考試機關掌理考試、任用等 11 事項，其中涉及應本專才、專業、適才、適所之旨，為人與事之適切配合。事實上，正規的任用法遭考試院人為綁架定出二類、三類轉任辦法，現在又通過四類轉任辦法，到底是什麼鬼辦法？開天眼了嗎？

公務人員任用法於民國 76 年 1 月 16 日施行前已轉任人員，不得提出復審，但施行後轉任人員，得依本辦法規定審查或提出復審，行政、教育、公營事業人員相互採計年資提敘官職等級辦法皆依公務人員任用法第 16 條規定訂定之，因此才有二類轉任辦法、三類轉任辦法，現在考試院為替增訂政府機關置公職律師、公職建築師及各類公職專技人員職務尋找法源依據，竟然通過第四類轉任辦法！

考試院真的是為了促進政府選才彈性化及多元化，才通過專門職業及技術人員轉任公務人員條例修正草案？外界質疑，為什麼憑空跑出一個第四類轉任辦法呢？難道又回到過去兩蔣時代特權階級、利用甲等特考掩護高層官員的小孩，取得簡任官資格，而非一般經由國家考試取得委薦簡公務人員任用資格？

當初交通部長張建邦為拉拔隨扈警官何煖軒，特別到考試院找邱創煥院長幫忙，經邱創煥從中協助，考試院特別量身打造通過二類、三類轉任辦法，從此各種轉任辦法不斷推陳出新，讓執政黨的政府高層，方便彈性利用轉任辦法安插自己人馬，而且負責全國公務人員官職等銓敘審核的銓敘部，非但疏忽職守，更是配合得天衣無縫，才讓轉任辦法趨於浮濫不堪。

轉任辦法有沒有為國家找到優秀的人才，確實有很多優秀的行政、教育及公營事業人員因互相轉任，而在各方面表現出特殊優異成績，像前交通部長張建邦獨具慧眼，協助警大 42 期的隨扈警官何煖軒利用轉任辦法，脫離警界轉往交通部擔任三級機關首長，上位至交通部次長、中華航空公司董事長之職，但這種人才少之又少，除非行政院各部會首長個個都開了天眼，慧眼獨具識英才！

希望考試院剛通過的專技人員轉任公務人員條例修正草案，不會像當年甲等特考為政治權貴子女大開方便之門，若再有量身訂做偷渡條款之嫌？那麼轉任辦法到底是什麼鬼辦法？

權貴的起點　公務員的終點

過去的甲等特考與轉任辦法，成為權貴公務人員的起點，卻已經是一般公務人員未來的終點，現在考試院又通過四類轉任辦法，放寬專技人員轉任公務人員，難道不是重蹈過去甲等特考之覆轍？什麼時代了？還有人相信這種鬼話！

依公務人員考試法第二條，公務人員之考試以公開競爭方式行之，其考試成績之計算，除本法另有規定外，不得因身分而有特別規定，其他法律與本法規定不同時，適用本法，這條文從民國 75 年至 103 年 1 月 22 月總統公布修正條文生效沿用至今，「不得因身分而有特別規定」並沒任何變更，但諸如甲等特考、轉任辦法確實就有少部分身份特殊之暗插性的公務人員，而導致考試院不置一詞地完全配合因身分而有特別規定！

猶記得馬屁文化甚行的民國 75 年之前，國家考試專門為特權階級族群之所謂「菁英青年」量身打造出甲等特考，凡經考試通過錄取者馬上以簡任第十職等任用，這樣的甲考制度在國際公務人員考選制度上可說空前絕後相當罕見的，非但匪夷所思邏輯不通，何況又是黑箱作業，那像大學聯考是公開公平考試取才！

就因為考選、升遷的不公平，所以有很多從基層公務人員幹起的不大不小官員，把薦任第九職等稱之「久久地等」、薦任第十職等被形容為「快死了還在等」，對於為權貴子女大開方便之門、因人設科百分之百錄取率的甲等特考，被戲稱為「假裝在考」，至於權貴子女沒考上甲考，則是因爲執政黨內部派系鬥爭，其他就是程度其差無比，較蜀漢阿斗有過之而無不及更為昏腦！

作為公務人員漂白劑的甲等特考，還好在李登輝執政時，由考選部長王作榮予以廢除，沒想到時至今日，考試院又搞出一個四類轉任辦法偷渡條款，難怪有實力的公務人員要長嘆：「權貴公務人員的起點，卻是我們一般公務人員未來的終點」！這是考試魔咒的輪迴嗎？

中央政府的五腐四害

政治問題讓中央政府變「五腐四害」，因為中央政府的五個一級機關，都發生過貪污索賄受賄的腐化文化現象，導致五院五腐之有權有勢之貪腐官員之惡行惡狀，長期影響形成上行下效的「害人、害己、害社會、害國家」等腐化人心之四害！

中央一級機關的行政院各部會及所屬附屬單位，時有高階官員貪污索賄收賄之特大案件發生，而司法院轄下之高等法院法官、地方法院法官、法務部檢察署所轄高檢署及地檢署檢察官種種不法行為，遭監察院彈劾的法官、檢察官也不遑多讓，此外，職司風憲針砭百官的監察院，過去曾有監委涉嫌股市內線交易等不法行為，遭自家人提案彈劾！

立法院為國家最高立法機關，由人民選舉之立法委員組織之，代表人民行使立法權，由於立法委員有議決法律、預算等 7 案及國家其他重要事項之權，當年顏清標於台中縣議長期間喝花酒報公帳 1,800 餘萬元，遭台中高分院依公務員利用職務詐取財物罪判處顏清標 3 年 6 月、褫奪公權 3 年，之後顏清標又當選立委，立法院於 2013 年 5 月 31 日會期最後一天朝野黨團經過密室協商為顏清標解套，三讀通過會計法第 99 條之 1 修正草案，將民代貪污除罪化，這就是「顏清標條款」，雖被輿論批評修法惡例，畢竟惡法也是出自立法院。

而五院中最為靜態又遠離政治核心的考試院，也經常出現國家考試洩題舞弊、買賣證書之重大事件，卻沒有任何政務、常務官員負起責任，其實考試院也犯上立法院為人作嫁的解套修法，卻洋洋灑灑地以「為因應社會環境變遷而適當調整公務員之職務上義務，以貫徹憲法保障文官權利」為由通過公務員服務法修正草案鬆綁公務員兼職限制，瞭解內幕的人都知道，是為前中央研究院長翁啓惠的「浩鼎案」解套，至於翁啓惠清不清白司法自會有定論！

其實，黨國安排栽培的國家公務人員，與自己的認真努力才考上的國家公務人員，政治傾向很重要，否則那會發生「五腐四害」呢？任何時間地點，政治正確絕非鬼話，你懂得，相信我！

警界升遷的金銀銅錫鐵

人分三六九等及警界升遷分五級皆有很嚴明階級制度，封建社會時代的元朝森嚴地將等級劃分為三教九流，最高階層為皇親國戚，最低層的漢人連妓女都不如，以現在的角度來觀察台灣警界的升遷雖沒有元代階級制度那森嚴，似乎也蠻類似的，想升遷與長官熟識很重要，長官賞識有個屁用？記住五代十國的北魏鮮卑族拓跋珪建立自己的王朝足當所有公務人員的座右銘！

階級制度早在古代中華帝國就已經存在了，東漢知名史學家、文學家班固於其漢書古表中把古今人物歸入其「九品量表」之中，並將之分為上中下三等，並在每個等級中再劃分為上上、上中、上下、中上、中中、中下、下上、下中及下下等九等量表，這就是所謂的三六九等，到蒙古完全統治華夏改朝元帝國，為有效統治華夏中原輕文重武，同時為打擊漢人，這時出現九儒十丐，導致漢人的地位連妓女都不如。

警界升遷當然沒有元朝帝國階級制度那麼嚴格，卻也分為金銀銅錫鐵等五級，例如掛金的直轄市警察局分局長、大隊長及各縣市警局副局長的職等為簡任第十職等，官等為薦任第九職等，銀則為警政署科長、直轄市科長、主任、督察及警專總隊長的職等官等皆為薦任第九職等，銅則有刑事局、航警局、國道局、航警局分局長、刑事局、航警局、國道警局科長、主任、大隊長、督察、秘書、教官，及警專、港警總隊的副總隊長、主任、秘書、警政署與直轄市警察局秘書、專員等皆為職等薦任第九職等官等為薦任第八職等，而警政署三線一星的大專則為錫，另鐵則為官職等薦任第七職等跨列第九職，在全國警察機關陞遷序列表，表列的很清楚，同樣肩上掛著三線一星的高階警官，遠近距離卻是十萬八千公里，其中酸甜苦辣真非外界所能知道！

封建社會等級森嚴的元代將階級劃分成三教九流，由幾百個皇親國戚家族組成，讓少數人掌控整個國家的財富，連基層的公務員都經常發生排在災難性赤貧的階層，反觀民主自由法治時代的警界升遷，依警察人員人事條例第四條規定警察官、職等分立，官受保障，職得調任，非依法不得免官或免職，人事法規已經明定長官有權彈性明升暗降或明降暗升任何警察官，這種升降制度完全存在長官的一心，到底何理不合理？相信大家心中那把尺早已測試過了！

固然朝代不同將人分三六九等，而警界升遷也分為金銀銅錫鐵五級，卻限制不了人聰明智慧的運用，你有你的關門計，我有我的跳牆法，無論古今道理不變，想改變階級或升級靠著上級長官賞識沒有用的，絕對比不上與長官熟識，不信，好好讀一讀五代十國的北魏鮮卑族拓跋珪是如何建立自己的王朝吧！

民進黨有多少打擊貪汙的心態？

之前時代力量立法院黨為打擊台灣的貪官污吏向蔡英文總統建言提出修正「貪污治罪條例」及「環境資源部組織法」草案，立意雖良善，卻對打擊貪官污吏毫無發揮嚇阻力量，除非官吏賊星該敗，否則在官官相護的官僚體制下，提案修法對貪官污吏又能奈何？

台灣官僚體制從兩蔣執政歷經多次政黨輪替長期演化下來的政、官、商的複雜錢權交易職務交替之勾結，共犯結構逐漸形成利益共生結構制度，有如蜘蛛結網交纏盤根錯結的設計，早已天衣無縫，一般難以看出其中之堂奧。說穿了，「政府採購法」就是層層行政關卡設限為人民服務，讓政商關係全面規避種種違反法律責任，導致基層公務員心態上全蒙著「東混西混一帆風順，苦幹實幹撤職查辦」的陰影！

時代力量立法院黨團為打擊貪官污吏，提案修正「貪污治罪條例」及「環境資源部組織法」草案，立意雖良善，卻對打擊貪官污吏毫無發揮嚇阻力量，先看看委、薦任的基層承辦業務的公務人員，牛馬風行日夜辛勤地工作，卻只能奉長官之命、依法行政循利益辦事，政府預算有多大，就有多少牛鬼蛇神蜂擁而至，啃食這塊豐厚利益大餅，這種貪腐肥肉誘惑，並未因政黨輪替稍有改變，還能奢言什麼司法正義？

在我們的記憶中，過去課堂上老師教導學生「十年寒窗為的就是升官發財」，這句話難道錯了嗎？出了社會大家難道沒被譏諷過「長相再怎麼樣都不可怕，可怕的是沒有文化」，相信以台灣的教育程度而言，能當上公務人員，基本上都是經過國家考試取得任用資格，職務官等愈高知識愈淵博，更不乏博士級教授大官要員，單靠終生的官宦生涯，如何於退休後住的起億萬豪宅享受榮華富貴的生活？

無論朝野立法委員提案修再多法案也難杜絕貪官污吏，除非賊星該敗，否則道高一尺、魔高一丈，何況貪官汙吏都認為有權不用逾期作廢，只要做到船過水無痕，忘了凡走過必留下痕跡，想杜絕貪官污吏，現在就看執政的執政黨心態了！

官規官制虛有其表

目前調查局官職等混淆不利領導統卸，而警政署官、職等分立導致人事任免升遷制度過於彈性寬鬆，較之調查局人事任免更為複雜混亂不清，造成一有任免升遷的風聲耳聞，馬上謠言滿天下、黑函盡官署，搞亂人事任免作業，滋生事端困擾長官人事安排，調查局則鮮少有此怪異現象，考試院應重新檢討警調人事制度的合理性及衡平原則，別再讓外界譏諷考試院在官規官制上的表現有如「銀樣蠟槍頭虛有其表」！

依法務部調查局組織法規定，調查局置局長一人，職務跨列簡任第 13 職等至第 14 職等綜理局務指揮監督所屬機關及人員，副局長二人，職務列簡任第 12 職等襄理局務，置主任秘書一人、處長 15 人職務均為跨列簡任第 11 職等至第 12 職等，很難想像一個近 3,000 人左右的調查局職掌重大經濟犯罪防制、毒品防制、洗錢防制、電腦犯罪防制、資安鑑識及資通安全處理、組織犯罪防制、國內安全調查、機關保防業務及全國保防、國民保防教育之協調、執行、國內、外相關機構之協調聯繫、國際合作、涉外國家安全調查及跨國犯罪案件協助查緝、 國內安全及犯罪調查、防制等幾乎與編制近七萬員額的警政署職掌重疊外，編制上僅局長跨列職等，副局長雖是單列簡任第 12 職等要如何領導統御 16 位跨列簡任第 11 職等至 12 職等的部屬？

內政部警政署組織法於 102 年 8 月 21 日經總統修公布第一 條內政部為辦理全國警察行政事務統一指揮、監督全 國警察機關（構）執行警察任務，特設警政署，組織法中未明列各職稱之官等職等及員額，另以編制表定之，但在編制表中從簡任第十四職等的警監特階署長一路到簡任第十職等的警監四階三線二星高階警官皆列警監官等，完全沒有列出職等，即使警政署內部升遷附件之全國警察機關陞遷序列表也僅以序列及官等官階而已，卻完全不列職務等階，這完全違反警察人員人事條例「第四條警察官、職等分立，官受保障，職得調任，非依法不得免官或免職」之規定，既然法規規定官職等分立，為什麼警政署在編制表內不敢明列？難道有苦衷或有其不為外人所知的內情？或是彈性用人還不夠寬鬆？

警政署組織法中未明列各職稱之官等職等及員額，另以編制表定之，與依法執行職務時具有司法警察權的調查局權責嚴重重疊，但是調查局有組織法卻沒有編制表，因為組織法已經將官職等表列於組織法中，而官職等單列與跨列混淆不清，長官部屬之間職務官等難分領導統御容易隨時出問題，反觀警政署官職分立，導致人事升遷制度過於彈性寬鬆，甚至有些官職等之陞遷全憑長官之意志任意為之，完全無視「職等標準」對職務符合條件之要求。

考試院在官規官制方面的表現，充其量就是銀樣蠟槍頭虛有其表，而調查局與警政署職掌近八、九成重疊在組織法與編制表上的職務等階，更是擾人心智啓人疑竇！

修憲與修法

行政院組織法與中央政府機關總員額法，經立法院三讀通過後由總統於民國 99 年 2 月 3 日公布，民國 101 年 1 月 1 日開始施行，法制化後的行政院附屬二級機關則有 14 部獨立首長制及 11 個合議制主任委員，除新增部會附屬機關人事法規差強人意外，原有部會附屬機關編制表內員額職務等階完全不符職等標準之規定，只能說浮濫到亂七八糟的地步！

政黨輪替前後的執政黨皆希望精簡政府組織架構，所謂的潮流趨勢所向，從大有為政府變成小而美政府，其共同的目標是要建立小而能、富彈性的高效率政府。現在考試院副院長、當時的研考會主委周弘憲曾說，「對法律沒有規範的灰色地帶，都解釋為可以做，只有法律明文禁止的，我們才會要求各局處不要違法」，言猶在耳，經過立法院三讀通過的行政院組織法已經長高長胖，從八部二會變成 14 部 11 會，其附屬的三級機關也是子孫滿堂！

本來一級機關每 2 年應評鑑所屬二級機關員額總數之合理性，二級機關每 2 年應評鑑所屬三級機關員額總數之合理性是很嚴肅的事情，現在看來是完全被朝野政黨執政時期的執政者完全輕忽，以經濟部工業局組織條例第五條：工業局置局長一人綜理局務，副局長二人襄理局務其職位均列第十職等至第十四職等；而經濟部國際貿易局組織條例第 6 條：國貿局置局長一人綜理局務，副局長一人或二人襄理局務，其職位均列第十職等至第十四職等。這種局長、副局長職等竟然可以橫跨 5 個職等，將職等當成太平洋！評鑑不就成了太平洋上的垃圾了嗎？

行政院組織法是行政院行使憲法所賦予之職權這是無庸置疑，三級機關辦事細則先擬訂再呈請二級機關核定之，那麼三級機關之員額、職務等階相信二級機關不能毫無所悉吧！

三級機關正、副首長竟然可以跨越四、五個職等，從簡任第十職等跨列到簡任第十四職等簡直是雲河跨越，完全無視職等標準之規定，這 5 種簡任官職等所包括之職務，其職責係在法律規定及政策指示下運用「極為廣博、甚為廣博、頗為廣博、較為廣博、非常專精」之學識暨卓越之行政或專業經驗獨立判斷，以執行職務或襄助中央主管機關長官處理各該機關全盤最艱巨業務，或辦理其他職責程度相當業務，5 種知識幹 5 種職等，完全沒有標準可言，為何不用量化大數據？政府知道有問題就要改要修正，如果明眼說瞎話毫無所悉，那就表示政府官員是庸懶無能的蠢才。

為了鼓舞文官士氣，考試院與行政院應該主動積極全面檢討組織法及編制表了，公務人員的官規官制，早已到了應該全面檢討改進重新修訂的時候，否則很難支撐時代潮流趨勢走向，居廟堂之上者應思「聖人無常心，以百姓之心為心」！

中央警察人事制度一條鞭

中央警察人事制度一條鞭造成中央與地方爭議何時休？朝野執政縣市曾建議預算回歸中央，地方不再編列警察預算支付，以桃園市警局為例，預算員額為 4,099 名、編制員額數 5,714 名與現有員額 4,080 名，如此預算與編制相差 1,626 名就有 28% 之多，可見縣市警察局員額短缺有多麼嚴重，而警政署受到中央政府機關總員額法第五條之限制，只能徒呼奈何。

在官規官制上主計、人事、政風及警察雖同為人事一條鞭制度，除警察為業務執法機關外，其他的主計、人事、政風均屬所謂的業務輔助單位，由於直轄市長與縣市長對於警察機關首長沒有人事權，無法有效掌握警察的人事行政逕行管理，中央與地方也是常常因為警察局長人選問題爭議不斷，影響到社會整體治安的穩定性，而朝野執政縣市甚至要求警政署編列警察機關所有預算，較符合中央一條鞭，否則會變成幾十鞭，鞭鞭有難！

其實中央政府機關總員額法第一條規定為管理中央政府機關員額，增進員額調配彈性，提升 用人效能，第 四條限制機關員額總數最高為 17 萬 3 千人，未來機關員額應於 5 年內降為 16 萬人，更嚴格規範警察、消防及海岸巡防機關職員額不包括軍職人員員額最高為 24,300 人，何況當時立法院三讀通過時附帶決議，為提升行政效率，行政院研究發展考核委員會應研擬行政程序簡化方案，並於 6 個月內提出書面報告送立法院院司法及法制委員會，機關員額未來應於 5 年內降為 16 萬人，雖然警政署自喻警察有近 7 萬員額，實際受限於 24,300 人員額之規定。

中央政府機關總員額為行政院組織法的配套措施，法定機關組織除以法律定其職稱、官等、職等及員額者外，應依公務人員任用法第六條規定，就其職責程度、業務性質及機關層級，依職務列等表，妥適配置各官等職等之人員，訂定編制表，其有關考銓業務事項，不得牴觸考銓法規，並應函送考試院核備，在此不難看出警政署對編制員額與預算員額真的是左支右絀，與地方政府爭執更有難言之隱？真的是巧婦難為無米之炊！

警察人事真的是一條鞭嗎？當縣市政府預算編列預算支應縣市警察局後，豈容警政人事升遷派令完全由中央一把抓，現在朝野政黨縣市執政當局為讓中央直接揮動中央警政一條鞭，讓各縣市警察能專注在治安維護，不用為了預算忙於公務應酬，此為較量法令之得失，不順民情，不隨時務，以私智妄用，以盡法妄為秋毫所不容。

立法委員是國家資產

立法委員職權行使範圍下至基層民眾生活息息相關，上至罷免總統、副總統，從選民服務到修制法律，質詢官員審查預算等等，可以說是包山包海無所不包！因為他們是國家資產，社會的模仿對象學習榜樣，全國 113 位頭頂著刑事豁免特權皇冠的立法委員的一切言行舉止能不謹言慎行嗎？

為什麼立法委員是國家資產非個人所有或政黨所有？依憲法第 62 條，立法院為國家最高立法機關，由人民選舉之立法委員組織之，代表人民行使立法權，立法院有議決法律案、預算案、戒嚴案、大赦案、宣戰案、媾和案、條約案及國家其他重要事項之權，立法委員在立法院院內所為之言論具有免責權，除現行犯外，非經立法院許可，不得逮捕或拘禁之不逮捕特權，但立法委員不得兼任官吏，這與歐美及先進民主國家的內閣閣員直接從國會議員中挑選出來擔任重要部會首長完全不同。

立法委員在修法時一個字就可以決定縣市增加幾百億，甚至千億以上的統籌分配款，且還可以讓將滿兩屆的縣市長變成「吳三連」，例如近日立法院民進黨黨團總召柯建銘為讓新竹市長屆滿繼續參選連任，竟領銜提出「地方制度法」修法草案，擬將現行地方制度法第 4 條規定：縣市升格為直轄市的兩要件為「人口聚居達 125 萬人以上，且在政治、經濟、文化及都會區域發展上，有特殊需要之地區得設直轄市」中兩要件間的「且」改成「或」，一旦修法通過強渡關山，縣市升格將不再受人口數限制，此一舉動引發全國民眾譁然，導致國民黨、民眾黨、時代力量等在野黨難得立場一致大團結反對民進黨強推地制法，可見立法委員職權有多麼特殊。

連總統 105 年 6 月 22 日公布的地制法第四條升格直轄市，立法院都可以輕易變更，甚至立法院可以依憲法增修條文第二條第九項規定提出罷免總統或副總統，經全體立法委員四分之一之提議，附具罷免理由，交由程序委員會編列議程提報院會，並不經討論，交付全院委員會於 15 日內完成審查，經審查後即提出院會以記名投票表決，經全體立法委員三分之二同意，罷免案成立，當即宣告並咨復被提議罷免人，所以立法委員的職權行使從基層選民服務、接受民眾陳情召開協調會、公聽會及其他涉及與公眾利益有關之質詢到罷免總統等，這些都很重要，但對於享有特權的立法委員若沒有「選票、鈔票」的加持，一切的特權立馬煙消雲散！

無論是具有民意選出的區域立委或依政黨得票數分配的全國不分區黨意立委，當他們職權行使下至基層民眾，上至罷免總統、副總統，可說是包山包海無所不包！全國 113 位頭頂著刑事豁免特權皇冠的立委們是國家資產，社會的模仿對象學習榜樣，他們的一切言行舉止能不謹言慎行嗎？

警界人事有例不減　無例不興？

事涉國家社會治安穩定的基礎力量完全依靠警察來維持，隨著台灣多元化社會的發展，警察人事異動的穩定性就顯得特別重要，而歷年來的警察人事異動前後往往黑函滿天飛，遭外界質疑長官用人參考是依個人喜好，未依職等標準的規定，甚至標準界定不清不楚，那麼升遷之楚河漢界又是誰畫出來的？

警察人事異動陞遷調整除非有什麼特殊異常狀況，否則大都在每年的一月、七月辦理，一般依常軌常例常規而行是絕對公平可行，否則淵博專精知識就會變成無用論，譬如警政署 2022 年 1 月 12 日以基於現階段推動治安工作需要，有效發揮整體治安功能，警政委員等職缺，經參據各適任人選之品德操守、專業能力、工作績效、發展潛能、職務倫理及內外勤職務歷練等原則作通盤檢討後報奉內政部核定 120 員高階警官，人事陞遷公文內容標準的制式化，完全失去活潑的動能，有違「有例不滅無例不興」？更被外界質疑「專業專精放兩旁，人情世故擺中間」！

現在警政署高階警官陞遷表面上有如字節順序，以多字節字段中的值是按照大末尾順序規定是最高位的字節出現在高位，而低位的字節出現在低位，常常引發長期負責人事承辦人員對序列、職等、官等上下左右任意混合交叉陞遷情況產生暈眩性的迷惑感。

因為在平台數據上是按照小末尾順序存儲的，高位的字節出現在低位，猶如警政署簡任第十二職等的防治組長莊勝雄調任簡任第十職等的高雄港務警察總隊總隊長一樣，雖是重要警職，升降之間還真是靠長官的英明睿智！

警察陞遷有三種標準分為序列升遷、職等及官等陞遷，序列升遷是所謂的標準安慰獎，對職等、官等升遷毫無意義，除保一總隊長外，其他六個簡任第十一職等三線二星警監三階的保警總隊長調升簡任第十二職等警監二階三線三星的警政委員最為實在，而三線三星的警政委員調任直轄市警察局三線二星的副局長或警政署簡任第十二職等的組長調任簡任第十職等的港務警察總隊總隊長，這種升、降調任方式令人頭暈目眩的，試問人事陞遷標準與專業經驗與專精知識有什麼關係？考試院訂定的職等標準豈不是任意欺騙社會，盜取全國民衆的基本價值觀嗎？難道沒有欺名盜世之嫌？

警界升遷有時像大學聯考一翻兩瞪眼，有時候像在玩家家酒可以討價還價，高中鰲頭陞遷與降調名落孫山皆大異其趣，卻也不外「有例不滅無例不興」，真個是幾家歡樂幾家愁！

對紅色供應鏈建立國安防線

為嚇阻「紅色供應鏈」入侵台灣守護護國神山，防止國家核心關鍵技術之營業秘密外流至對岸，行政院會於 2022 年 2 月 17 日通過國家安全法與兩岸人民關係條例部分條文修正草案，其實台灣的食衣住行相關的資訊，早被中國的紅色供應鏈入侵，只因為台灣過慣了民主自由的生活，逐漸喪失敵我意識，現在才驚覺台灣有遭邊緣化的危機，政府才驚醒修法護台，真所謂「輕敵則幾喪吾寶，故抗兵相加，哀者勝矣」！

紅色供應鏈指的是中國在產業發展上的一個轉變，特別是在電子產業的發展上，台灣的電子產業是出口貿易非常重要的產業，早期中國有許多的電子零件需要從台灣進口，供應中國各種的產業鏈所需，當中國的經濟實力越來越強大，中國政府推動產業提升與資源整體投入大量的資金，推動在中國內部建立完整的產業供應鏈，逐步取代了科技產品一定要從台灣出口至中國的這件事情，再加上中華文化一直以來都對紅色有特別的喜愛，所以就把在中國國內建立的完整產業供應鏈，稱之為紅色供應鏈。

中國紅色供應鏈之所以異軍突起，源於民國 78 年蔣經國執政晚期開放兩岸探親，中國為尋求經濟發展採取對港澳臺招商引資政策，經濟嗅覺靈敏的台商對於西進中國十幾億人口的龐大市場胃納商機充滿無限憧憬，當然對台招商引資主要是吸引台灣供應鏈西移，連結中資品牌大廠供應鏈，當中國紅色供應鏈逐漸興起，台資廠商遂成為紅色產業鏈的小部分，有了堅實供應鏈的中國，來自台灣採購訂單就成為中國經濟統戰最能發揮的政治邊際效益，等台資企業發現中國的招商引資只是「養套殺」策略的蜜糖時，台商已經離邊緣化不遠了！

過慣了民主自由生活的台灣，食衣住行及各行各業早被中資的紅色供應鏈滲透，現在政府驚覺紅色供應鏈意圖入侵台灣的護國神山台積電及高科技產業，於是行政院增訂「經濟間諜罪」開重罰，2 月 17 日通過國安法修正草案，新增「國家核心關鍵技術經濟間諜罪」，違者可處 5 年至 12 年有期徒刑、得併科 500 萬至 1 億元罰金，防止國家核心關鍵技術之營業秘密外流，新法將採速審速決原則，讓刻意規避台灣法規的紅色供應鏈未經許可在台從事業務活動或假借他人名義違法來台投資無所遁形，這樣的亡羊補牢能發揮作用？

相信政府早知道紅色供應鏈滲透台灣產業愈趨嚴峻，對台灣資訊安全、經濟利益、產業競爭力與國家安全造成危害，有必要建立更嚴密的國安防線，為什麼現在才發現？相信與台灣在國際社會受到重視才想到修法保護台灣企業避免遭邊緣化，但政府這種亡羊補牢的作為雖嫌晚，還真有點「輕敵則幾喪吾寶，故抗兵相加，哀者勝矣」！

臺灣防疫到底還要打幾劑？

一場防疫大戰讓我們看清楚台灣人有錢怕死貪吃有同情心，沒有敵我意識，從搶疫苗到供應無虞處處顯示台灣醫界醫德嚴重之不足，窮了百姓，富了所有醫療珍所，疫苗有效無效已經不重要，一劑緊接著一劑打下去，反觀中國清零政策的弱化醫療服務態度，反凸顯高端科技產業幾乎完全依賴進口技術，兩岸一種防疫卻是兩樣情，只有一樣是統一的，那就是醫療機構診所靜待「坐以袋幣」賺得盆滿缽滿！

自 2019 年年底起新冠肺炎從中國武漢擴散到全世界，直到今天疫情如大浪般一波接一波地衝向世界各國，到目前為止還沒有看到任何平息之徵兆，反倒是數位科技化不斷推陳出新如嶄新浪潮般席捲全球，這種異軍突起的數位化科技確實顛覆各行各業的運作模式，特別是在疫情防疫期間對醫療方面，健康大數據、互聯網、AI 和 5G 結合醫療等未來願景逐漸浮現出來，特別是在公共衛生防疫方面的表現，讓全世界看到台灣值得驕傲的臨床醫療以及公衛水準，確非金錢所能鑄造！

中國與台灣對新冠肺炎所採取的防疫抗疫政策措施，完全截然不同形成強烈對比，對兩岸日後在國際舞台留下深遠影響，台灣因為防疫措施成為世界典範，從當初台灣疫情稍緩立即向鄰國伸出援手包括太平洋島國，以「台灣能幫忙、台灣正在幫忙」的標語捐贈物資，此種防疫作為讓台灣公共衛生政策讓全世界所有醫療機構所側目關注，卻受到疫苗接種覆蓋率的影響，完全不顧及疫苗的有効力，一劑緊接著一劑地打，到底要打到多少劑？打了三、四劑後還要打到免疫力完全麻痺為止嗎？除了要你快去打疫苗的醫療人員之外，相信大家都知道誰賺翻了、誰笑歪了？

一場 COVID-19 防疫大戰讓國際開始重視台灣的高科技產業及經濟發展，而俄羅斯入侵烏克蘭就像 Omicron 變異株在世界各地散播仇恨，導致各國研究國際政治的專家學者們以「今日烏克蘭、明日台灣」提醒台灣，中國隨時利用烏俄戰爭之隙發動武統台灣。

事實上，中美未發生貿易戰之前，擁有 10 幾億人口的中國雖說擁有全世界高端工業應用，但真正核心技術還是依賴進口，中國因為沒有掌握核心技術，國產工業的故障率等關鍵指標依舊不足，何況其防疫清零政策重傷外國投資者的投資意願！

無論是 COVID-19、Omicron 變異株的防疫，台灣的醫療防疫都讓世界各國稱羨，外商投資一波接一波地來台投資，俄羅斯入侵烏克蘭竟然讓歐美各國關注台灣安全，擔心中國利用俄烏戰火之機武統台灣，台灣永遠不會是烏克蘭，兩岸雖同樣防疫卻是兩樣情，只有一樣是統一的，那就是醫療機構診所每天每日靜待「坐以袋幣」賺得盆滿缽滿！我們還要一劑劑毫無根據地打下去嗎？

其他

臺灣是中國不良產業斂財的寶地？

台灣是中國不良產業斂財、聚財、詐財、圈錢的寶地？曾經風光一時的中概股康友 -KY 爆發掏空假帳無量慘跌，已下市淪為壁紙，被害人組成自救會重整公司，經派人前往中國取得康友子公司六安華源帳冊，驚覺六安華源 10 年來處於虧損狀態早已停工，卻利用虛假財報來台上市誘騙投資人，由於兩岸相關上市涉嫌之人利用資源不對等誘惑不明情況的台灣投資人受騙上當，豈非「七情鬼終日罔撩亂、六欲魔每時生覬覦，終不能窺其隙」！

過去曾經風光一時的中概股康友 -KY 爆發掏空假帳無量慘跌，已下市淪為壁紙，被害人組成自救會重整公司，經派人赴中國取得康友子公司六安華源帳冊，驚覺六安華源 10 年來幾乎完全處於虧損狀態慘賠逾新台幣 30 億元，非但早已停工還虧欠銀行及民間債主大筆爛債，足證康友 -KY 從一開始來台申請上市即存心詐騙，現在台灣投保中心為防相關人等脫產出面替小股東求償，獲法院裁定假扣押勤業眾信聯合會計師事務所及 2 名會計師與生技股康友 -KY 高層共 47 億元，創下司法史上最高金額記錄，這不是拿台灣投資人當成 KY 中概股的提款機！

近幾年來在美國股市發生利用虛假財報包裝美化的很精緻的中概股中國公司在那斯達克掛牌上市坑殺美國股市投資人，這些重大會計詐欺案有瑞幸咖啡、跟誰學、好未來、愛奇藝等多家公司被捲入財務造假醜聞，當時有「中國星巴克」之稱的瑞幸咖啡曾經風風光光地在那斯達克掛牌上市，現已停牌下市，由於中國審計制度完全不透明，外國又很難在中國取得中概股的相關財務報表方面的重要信息，為此美國前總統川普時期曾要求凡在美國證交所上市的中概股中國公司必須遵守美國審計規定，讓監管機構可取得其審計工作文件，並在 2022 年元旦前達到相關要求，否則一律停牌下市，因此現在很多財表虛假不透明的中概股在美下市後轉往香港股市。

中概股的中國不良企業勾結台灣的知名會計師事務所的會計師將財務報表中的毛利率、營業利益率、淨利率經由修改美化潤飾後，包裝成年年盈餘的績優股獲利公司，讓衡量中概股公司是否盈餘的重要指標變成虛假財報誘騙台灣股市投資人的地雷股，經過知名會計師事務所的會計師潤飾美化後的中概股在幾年前曾經是各路投資人追捧的績優股，本益比甚至超過 1、20 倍以上，要不是風光一時的康友 -KY 生技股爆發掏空假帳無量慘跌下市坑害一堆投資人，天曉得曾經的績優中概股到底還要坑殺多少投資人？現在已經成為人人唾棄的地雷股？

台灣真的是中國不良產業中概股斂財、聚財、詐財、圈錢的風水寶地？其實 KY 中概股只要祭出重金重利聘用台灣知名會計師事務所的知名會計師編織潤飾美化虛假財報上的多年盈餘來台上市誘騙投資人，此種常見的兩岸相關上市涉貪之人利用資源不對等誘惑不明情況的台灣投資人受騙上當，難道不是「七情鬼終日罔撩亂、六欲魔每時生覬覦，終不能窺其隙」！

和尚尼姑也是一種職業！

當很多和尚、尼姑到麥當勞餐廳買炸雞或到 Pizza 店買 Pizza 享用美食時，你我難道不會覺得，他們看到的紅塵俗世與我們這些凡夫俗子真的有點格格不入嗎？為什麼今天出家修行的寺廟道觀的和尚尼姑們，葷素不忌地與我們這些未看破紅塵的人的飲食起居完全一樣？或許時代觀念改變了寺廟修行者的想法，和尚尼姑已經是職業化。

每當談到花和尚，就直覺地想起施耐庵所作章回小說「水滸傳」中，因打抱不平三拳打死惡霸豬肉販鎮關西，後因仗義殺人被通緝的魯智深，昔日有人云，平生不修善果，只愛殺人放火，忽地頓開金繩，這裡扯斷玉鎖，咦！錢塘江上潮信來，今日方知我是我，可見當時魯智深剃渡販依佛門是萬不得已，只是為了躲避官方追緝，並非真的看破紅塵的「偽和尚」，因此大碗喝酒大口吃肉並沒引起後世子孫的負面評價，倒是魯智深的重情重義為現代社會男女爭相學習模仿的榜樣！

經剃渡過的和尚、尼姑成佛門弟子須從教化因緣，離不開出世、入世的任何因果循環，總之佛門修行不離繁雜的社會結構，只能將正常人的食衣住行貧富貴賤當成修行的道具，解脫自己度生離四相，無法擺脫煩惱是因為紅塵俗世中有太多各種誘惑過於貪執、迷戀，沒有慈悲心沒有大智慧別說度化眾生了，連自己都將被淹沒在滾滾紅塵中，所以和尚、尼姑必經得起色、聲、香、觸、味、法的誘惑考驗，否則談什麼「戒定慧」教化？

早幾年就經常看到很多和尚、尼姑結伴到麥當勞餐廳買炸雞、Pizza 店買 Pizza 或到知名餐廳點餐享用美食，他們葷素不忌與我們這些凡夫俗子觀念想法有點出格真有點格格不入，有時候我會以為是自己眼花或是不經意產生幻覺，深思是否因為時代觀念改變了寺廟修行者的想法，和尚、尼姑早已成為另類的職業，不必再一成不變地默守成規守護過去佛門戒律，現今台灣的寺廟愈蓋愈豪華，不同寺廟之間互相攀比，比較錢多、信衆多、廟會多，來自四海八方供養的和尚、尼姑職業化之後，坐享不用納一毛稅金的鉅額財富，他們腦海中的「酒肉穿腸過佛在心頭坐，唸經修法後佛在心中臥」的酒色財氣何時空？四大皆空豈非笑話一樁！

為什麼今天出家修行的寺廟道觀的和尚尼姑們葷素不忌地與我們這些未看破紅塵的人的飲食起居完全一樣？是因為時代觀念改變了寺廟修行者的想法？和尚尼姑已經是職業化，此為耳聽朝歌北鄙靡靡之樂是故不道之道，莽乎大哉！

歷史中國　中國歷史

歷史中國號稱華夏中原文化五千年鬥爭史，歷經禹湯文武周改朝換代，直到明將吳三桂引清兵入關，滅掉明朝改為大清帝國的清朝政府等都是封建王朝興衰歷史，並沒有「中國」的文字記載敘述，直到 1911 年孫中山先生的國民黨政府創建中華民國簡稱「中國」，而 1949 年中國共產黨建立的是中華人民共和國的「新中國」，所謂「台灣自古以來就是中國不可分割的一部分」是要先消滅「中國」，否則要如何延續「自古以來」？

到底中國歷史與歷史中國有什麼區別？細究華夏中原五千年文化，你會懷疑五千年的概念是如何算出來的？是精算、細算或是概算出來，依什麼為年月的標準？若華夏中原文化歷史從始祖盤古開天辟地開始，自三皇五帝、夏商西周東周、春秋戰國、秦朝漢代、三國魏晉南北朝、五胡亂華的十六國、隋唐五代十國、北宋、南宋遼金、蒙古帝國的元朝、朱氏大明王朝、大清帝國、1911 年國民黨政府創建中華民國簡稱「中國」、直到 1949 年中國共產黨建立中華人民共和國的「新中國」尚未滿所謂「五千文化」，大概上下三千多年的歷史，較之古埃及文物的輝煌燦爛和滄海桑田是完全無法比擬的！

中華人民共和國憲法所提的「台灣是中華人民共和國的神聖領土的一部分，明顯看出中共欲奪取台灣的主要目的不是在於民族統合之道，而是純粹在於戰略意義，其目的是為控制民主國家對抗美國成為世界的老大，台灣地處太平洋、台灣海峽及南海進出口，國際商貨輪船一年進出貨物商品將近百兆美元價值，任何軍事強國大國得到台灣，就等於控制臺灣海峽、西太平洋及南海出入口要衝位置，特別是俄羅斯侵略烏克蘭戰爭以來，更突顯台灣戰略地位對未來想在太平洋、南海稱霸海權的國家更具重要性，何況中國一直想崛起！

1912 年之前，亙古以來華夏王朝的皇權大國中，無論從歷史文物紀錄中找不到任何與「中國」有關之證據顯示台灣與中國有任何關聯、關係，但自孫中山先生領導的國民黨推翻滿清政府創建中華民國簡稱「中國」，而 1949 年中國共產黨打敗國民黨建立「新中國」的中華人民共和國，如此一來，中共政府對外宣稱「台灣自古以來就是中國不可分割的一部分」就有很大的爭議，因為創建中華民國延續五千年華夏文化的國民黨尚存，在新中國的共產黨未完全徹底消滅國民黨之前，台灣誰屬不辯自明！

現在很多軍事強權國家往往宣稱「自古以來那個小國或島嶼是他們不可分割的領土」，軍事強權崛起的國家現在已不再隱藏擴張的野心，俄羅斯侵略烏克蘭不就是現代版的精典例子嗎？無論是「亙古以來、自古以來」的那個華夏王朝、中國或新中國，台灣對你們的意義到底是什麼？台灣雖小卻是經濟大國、人間樂土，想以武力奪取，先搞清楚「歷史中國與中國歷史」的差別吧！俄烏戰火殷鑑不遠，莫忘「千里之堤潰於蟻穴」！

奈米、雲端、元宇宙

現今社會想發財一定要靜下心來好好研究研究高科技知識，再利用高科技知識發明創造一些很特殊又容易誘惑社會大眾的「商業化用語」，如奈米、雲端、元宇宙等等，保證你在虛擬空間內賺到實體社會中永遠都無法賺到的財富，並非我們「書到用時方恨少，事非經過不知難」，實在是實體很無聊，虛擬很夢幻，畢竟努力一輩子都難以完成的事，夢見周公僅須一個轉念就完成了！

有人說，真正成功的人都是謙卑的，如飽滿的稻穀從來都是低著頭的，唯有子粒不飽滿的稻穀才仰頭向天，說明實體與虛擬的區別，虛擬的貪婪是最常見的人性表現，適當的貪心能促使人們奮發圖強去爭取想要的東西，改變現狀，靠雙手努力收穫幸福，但物極必反瞬間由實體轉為虛幻，人性的貪心變成了貪婪，它就像一個無底洞一樣侵蝕你，一旦深陷虛擬夢幻世界，就很難再爬起來了，在虛擬空間的聰明人其貪心的程度，連自己都無法理性思考為什麼會貪得無厭到如此地步，可能因牟取暴利財富太容易而陷入無法自拔，更別提分辨是非利弊！

現代人受高科技產業發展所賜，可以將過去在實體社會中完全無法達成的目標，利用虛擬環境的夢幻泡影控制開發人腦潛能，再於實體經濟中以虛擬貨幣橫空出世，顧名思義就是沒有實體的貨幣，如比特幣（Bitcoin）、以太幣（Ether）和狗狗幣（Dogecoin）等等的虛擬貨幣並非由特定國家或地區發行可以在全世界通用的法定貨弊，這種不需支付手續費就能夠讓資產自由轉移的貨幣，往往是為替外匯嚴格管制的專制獨裁國家中的特權階級洗錢管道開了方便的後門。

虛擬光驅未量化之前，在實體經濟中想要實現個人財務自由非常困難，自虛擬實境的高科技產品推陳出新後，一夕致富已經不是夢幻的童話，虛擬夢幻將人類的貪婪帶入雲端高來高去，還真有點道士拿著拂塵能襯托出想發財的人人人都具有仙風道骨的氣質，這些利用虛擬的人早已不再是一般的凡人，他們講著帶有仙氣的話與你、我們平常一般凡人講的話當然不同，鬼話與仙話除非你、我打開天靈蓋否則有聽沒有懂！你、我看不懂、聽不懂又說不通之下，唯一能做的就是忽視疏遠不碰它，千萬記住從雲端跌落谷底，就因為好奇害死貓遭到虛擬環境養套殺，相信沒人想要體驗生不如死的滋味！

奈米、雲端、元宇宙等都有個看不到、無法觸及的虛擬網路世界，但它卻能讓你在虛擬空間內賺到實體社會中永遠都無法實現的財富，並非我們「書到用時方恨少，事非經過不知難」，實在是實體很無聊，虛擬很夢幻，轉個念夢見周公要什麼有什麼，無論是「南柯一夢」或「黃粱美夢」，管他的神話或鬼話，虛擬就對了！

洗腦與洗頭（洗錢）

烏俄戰爭讓我們見識到獨裁者的親朋好友，利用特權將龐大的國有企業非法洗為私人資產，經過漂白後，再想辦法將鉅額資金匯存於避稅天堂，這種先洗錢漂白的手法，往往是專制統治者成功洗腦民眾所獲極大化的經濟利益，完全不符傳統的「富不離書，窮不離豬」，這些獨裁者皆認為自己是「龍生出天必縱橫天下」，忘了「草木不離三秋、蒼生轉瞬即亡」，豈是一個「洗」字了得！

俄羅斯總統普丁因為發動侵略烏克蘭戰爭，讓國際社會關注中國有可能利用烏俄戰爭之際武統台灣，過去中國高喊「武力統一血洗台灣」，現在我們親眼目睹俄羅斯侵略戰爭血洗烏克蘭血淋淋的戰爭場景已經遭到國際社會的譴責及制裁，歐盟與歐美等民主國家聯盟同時祭出一波波的經濟、金融制裁，此時我們才驚覺原來專制獨裁強人普丁的親朋好友商人、官員和軍方高層等親信竟然利用特權包攬俄國境內所有國營事業、鐵礦石、鋼鐵、媒體及網路業等產業，圍繞在普丁身邊的親信個個腰纏百千億美元身價，當他們遭到制裁，我們才知道原來「血腥的武力血洗」伴隨而來的竟是隱匿著骯髒不為人知的「上百億美金」的洗錢漂白。

人口販子、大毒梟、政府官員索賄貪污等非法鉅額金銀珠寶財務怕遭到司法檢調偵辦，不得不將利用非法手段得來的大筆資金匯存到避稅天堂的小型島國，由於小型島國缺乏天然資源極需有效地吸引外國資本，放寬對外匯的管制，不徵收收入稅、預扣稅、資本增值稅、遺產稅，更不會向任何外國政府或執法機關，透露當地的會計資料，讓外國政府難以掌握、追查、取締成立於避稅天堂裏面的活動，非法犯罪份子把其犯罪所得大量資金引入避稅天堂「洗錢漂白」，曾經震撼國際社會的「巴拿馬文件、巴哈馬文件及天堂文件」揭露各國政府高層官員及親屬親信隱匿非法鉅額資產，這些洗錢活動到底是「避稅」或「逃稅」？

長期以來，我一直以為洗衣、洗澡、洗頭、洗碗是因為不乾淨，後來才知道洗雪、洗罪、洗刷冤屈是被冤枉了，歷經幾年的教育學習方知家貧如洗、洗耳恭聽、洗心革面、囊空如洗、清貧如洗等成語，過去政府為落實洗錢防制措施，針對常見的洗錢犯罪類型以及新興洗錢犯罪手法修正洗錢防制法，於 2021 年 12 月 28 日經法務部公告洗錢防制法修正草案，規定一般洗錢罪刑度為 6 月以上、5 年以下有期徒刑，如果犯罪金額超過 1 億元，最重可判處 7 年有期徒刑，如今俄羅斯侵略烏克蘭戰爭，我才真正的明白什麼是「洗腦、洗錢、金盆洗手」了！

原來有形的骯髒、污穢、違法、非法等不乾淨的任何東西都須要洗，連無形的卑鄙、齷齪、下流、不名譽、洗錢及洗腦等見不得光都要洗一洗，更別提金盆洗手！總之，無論你是生活在民主自由或專制獨裁的國家社會，都會看盡天下熙熙壤壤皆為利來利往，特別是專制獨裁統治者成功洗腦民眾，所獲極大化的龐大巨額經濟利益，已違「富不離書，窮不離豬」的傳統認知，他們自以為「龍生出天必縱橫天下」，忘了「草木不離三秋、蒼生轉瞬即亡」，豈是一個「洗」字了得！

炫富與權力的春藥

台灣藝人張庭和老公林瑞陽在中國靠直銷致富，高調對外炫富「家裡到處都是錢」，這與貴婦名流千金愛炫富的心態沒什麼差別，更像政治人物吃了權力的春藥，最終難逃非腐即亡身敗名裂的地步，絕對沒有好下場，或許這些人深感「人生一世草生一秋、人生短短幾個秋」，莫等閒，白了少年頭，空悲切！

所謂「人生一世草生一秋」指的是人生一世好像草生一秋那樣短暫不可虛度，好好利用時間勤工儉學創造事業揚名立萬，別浪費青春美好的時光，否則人生來去就如同一杯黃土，誰識你是否賢愚？有一首歌愛江山更愛美的歌詞「人生短短幾個秋道不盡紅塵奢戀，訴不完人間恩怨」，生活再無聊無奈都要勇敢去面對別再躲躲藏藏，樂觀的人認為與其忍受痛苦，不如快快樂樂地生活，並非每個人都有「人生自古誰無死，留取丹心照汗青」的偉大情操！

炫富無助於勉勵社會大眾對人事務的管理機制有所作為，反倒教壞社會大眾一切事物皆以錢的多寡來決定，連一般的同學會或社會團體聯誼餐會都要互相攀比誰富誰窮來定位一輩子的輸贏！看看台灣藝人張庭和老公林瑞陽在中國靠涉嫌違法經營的「達爾威」公司直銷致富遭中國當局介入調查，之前他們夫婦高調炫富對外宣稱「家裡到處都是錢」挑戰中國對劣跡藝人祭出禁令的紅線，現在呢？真的應了「嬈擺無落魄的久」！

中國知名藝人趙薇和范冰冰因「陰陽合同」糾紛遭官方查稅罰了天價稅金，被定位為演藝圈的劣跡藝人雖完全失去過去演藝女王的風光，一般粉絲並不討厭她們曾經的努力付出，還祈求她們能平安渡過難關，而超級愛炫富的張庭林瑞陽夫婦遭中國官方調查，兩岸民眾竟然完全沒人同情他們的遭遇，反而人人鼓掌歡呼讚賞中國官方的作為，此情此景有如早期農業社會的現實生活裡充滿了鄉村生活氣息，往往為了裝門面讓人看的起，顧不得自己明明三餐不繼生活很窮苦很困難都要打腫臉充胖子，真是死要面子活受罪。

其實「人生一世草生一秋」是奉勸大家趁著年輕時珍惜短暫光陰好好勵志努力一番，豈知都市貴婦名媛愛炫富的心態與鄉村農民的心態其實並沒差別，像極了吃了權力春藥的政治人物，最終皆難逃身敗名裂的地步，絕對沒有好下場，或許這些人深感「人生一世草生一秋、人生短短幾個秋」，真的空悲切，莫等閒，白了少年頭！

IOC vs WSI 要運動精神或經濟發展？

「運動歸運動、政治歸政治」這種現實版鬼話都有人信，難怪很多國家為爭搶奧運會奪主辦權不惜花 1、20 萬美金收買每個奧運會成員，收受賄賂的醜聞幾乎每四年爆發一次，奢言什麼「體育精神」！對比目前有近 80 幾個會員國的國際技能競賽組織每兩年辦理一次的國際技能競賽有技能界奧運美名，為世界各國所重視，完全符合啓發台灣未來產業發展潛力，何況沒有運動精神的奧運金牌僅是一種象徵，但技能競賽卻成為台灣一千多萬名勞工帶來實質性技能的提昇。

在所有非國際組織INGO中除了國際技能競賽組（WSI）對台灣最友善外，其他如國際奧林匹克委員會（IOC）、世界衛生組織（WHO）對凡與台灣有關之人事物全部採用差別待遇式歧視，特別是WHO對台灣更是惡劣到極點，這可以從WHO總幹事譚德塞利用無差別待遇式的造謠中傷台灣叫囂台灣人的作風完全失去醫德，這種不衛生組織不參加也罷！何況台灣的醫療技術醫生品德早超越一切向錢看的所謂WHO的所有醫療醫生專家們，另外一個是IOC更是糟糕透頂，把金錢財務看的比運動員還重要，從主辦國承辦奧運會比賽開始到結束期間收受賄賂及種種醜聞不斷，還得耗盡傾國之財力、人力資源努力辦好這以「運動精神」為主旨的國際賽事！

IOC 的宗旨是為鼓勵組織和發展體育運動和體育競賽，從而促進和加強各國運動員之間的友誼，其相互瞭解、友誼、團結和公平競爭就是奧運精神，但自「鉅額金錢」介入奧運所產生的人權、環保、不尊重主辦城市的意願等「政治與運動不分」的金錢迷惑精神的嚴重問題早引起國際社會團體的抗議，而國際奧委會卻一意孤行完全無視各種國際社團的訴求，倒是違反運動精神的體育醜聞接二連三發生，反觀國際技能競賽組織（WSI）的宗旨為藉由世界技能競賽大會及研討會等活動，增進各國青年技術人員之相互觀摩、瞭解與切磋，加強國際間職業訓練與職業教育資訊與經驗之交流，進而促進各國職業訓練與職業教育之發展，其中 47 職類競賽之中的綜合機械、電訊布建、集體創作、機電整合、電腦輔助機械設計、活動機械人、網頁設計資訊與網路技術、圖文傳播設計、飛機維護等等都是對台灣未來產業獲得國際認證的最佳平台，何況蔡政府想方設法要推動的產業升級政策正好可藉由 WSI 技能競賽化解產業技能困境，且可以增進國內青年技術人員之相互觀摩，加強國際間職業訓練與職業教育資訊與經驗之交流，這豈非一魚多吃？

台灣在國際組織上遭到差別待遇性的歧視，因為中國在國際之間的強烈無情地打壓，甚至已經被中國以強大的經濟、金融、金銀財寶控制的國際組織惡劣惡質地以無差別待遇對待台灣，唯一對台灣最友善的國際非政府組織是 WSI，因為我們的勞動部前次長林三貴經過二、三十年以上熱心於國際事務的努力才站穩 WSI 最重要的核心決策成員之一，目前是 WSI 常務理事兼亞太區副會長包括發展全非洲地區各國國際技能競賽項目，林三貴表示，每兩年辦理一次的國際技能競賽有技能界奧運美名，為世界各國所重視，近年包括中國、印度、俄羅斯與中南美洲及非洲友邦布吉納法索等國也陸續加入這個組織，顯示各國對技職教育與訓練日益重視，對台灣所有產業升級轉型而言，是難得的機會，真的是「機不可失」呀！

國際技能競賽確實能為台灣一千多萬名勞工帶來實質性技能的提昇，更符合啓發台灣未來多元化產業發展潛力，與其遭到差別待遇與無差別待遇的歧視，為什麼我們的政府不能將產業發展眼光聚焦於每兩年辦理一次的國際技能競賽？何必太在乎「運動歸運動、政治歸政治」這種不可信的鬼話！運動奪金精神僅是一種面子與裡子的象徵性意義，產業發展才是對台灣有實質助益，別再圍繞著「善結無繩約而不可解」了！

美食文化與送禮文化

美食吃出火藥味就會出現「鴻門宴」，吃出政治味就發生「杯酒釋兵權」，所以美食要形成吃的藝術就須展現在跨國界區域文化中，同樣地與美食形影不離的送禮文化，要送到收禮的人心領神會，讓送收禮者皆大歡喜，千萬別送禮送到進牢房或送到滿門抄斬，絕不能像小時候的「孔融讓梨」成為美談，夫「善游者溺，善騎者墮，各以其所好，反自為禍」，成年後的孔融有東漢建安七子之稱，其待人恃才傲物說話尖酸刻薄的態度，無論是送什麼禮物給他的主子曹操，回禮送給孔融的竟是「滿門抄斬」！

現在台灣的政治人物為了博網路聲量及點閱率，大都以介紹自己選區內的平民平價美食為未來選舉鋪路，過去華夏歷代王朝，從以武力武德打江山到坐江山，以文人治理國家，而文治武功是離不開美食宴客的餐桌禮儀，其中美食吃出最具火藥味的「鴻門宴」是歷史精典，道出「先入關中者王之」的楚漢相爭局面，展現於劉邦與項羽爭大位缺不了餐桌上的談判。

另一個最具政治味的飯局，就是宋太祖趙匡胤為加強中央集權、避免禁軍中的軍將有黃袍加身之念，重演澶州兵變和陳橋兵變的歷史，篡奪自己的政權，就在餐桌上安排美食佳餚宴請有兵權的高階軍官，並威脅利誘他們們交出兵權，別再干預朝政，辭官還鄉好好地享受榮華富貴的退休生活！

相信送禮文化是不分國界，特別是年節送禮禮尚往來是不可或缺的，不但能表達與職場同事、客戶、親友之間的相處誠意，還能拉近彼此的距離，但送禮究竟該怎麼送，才能送到恰到好處，讓送禮的人滿意，收禮的人開心呢？

送禮藝術化一定要把握送禮原則，就不用擔心失禮，如投其所好、量身訂做、低調送禮、忌粗心轉送、健康的營養保健品等一般禮尚往來，至於官場送禮文化絕對是深奧的學問，特別是官場上的上下級部屬長官之間涉及官宦升降調職相關之禮儀，在贈送禮物的金額要很小心很仔細，送太便宜的不禮貌，送太貴重則讓對方會覺得你必有所求，雖說禮多人不怪，但有時禮多必有詐，真的是「江湖一點訣、其中奧妙不可說」！

華夏中原王朝歷代相傳的餐桌美食有「魯菜、川菜、閩菜、徽菜、湘菜、粵菜、蘇菜、浙菜及台菜」等九大菜系，菜色中常選擇的燕窩、魚翅、熊掌、虎骨、鹿尾等名貴食材，烹調方法非常多，講究的是「色、香、味、意、形」等強烈的香氣滿足舌尖味蕾上的感受！

伴隨著餐桌上的美酒佳餚美食的饗宴後的後續送禮活動也會緊接著陸陸續續地登場，所謂禮尚往來當然禮不能少，送禮藝術的美學轉向每當逢年過節或是致意慶賀，如何張羅與選配禮品總是令人千頭萬緒，要注意送禮對象的不同，便有相異的習慣品性，怪不怪就在禮多少，信不信由你！

俗話說「天大地大呷飯皇帝大」，可見古人說的民以食為天，卻有些人吃著吃著就吃出火藥味的「鴻門宴」，甚至吃出政治味的「杯酒釋兵權」，所以美食要吃成藝術就須展現在跨國界區域文化，同樣地與吃形影不離的送禮文化，有人送禮送著送到進牢房或送到滿門抄斬，孔融讓梨不就是一件精典歷史？有東漢建安七子之稱的孔融待人恃才傲物說話尖酸刻薄的態度，無論是送什麼禮物給他的主子魏王曹操，回禮竟是「滿門抄斬」，所謂「善游者溺，善騎者墮，各以其所好，反自為禍」！

鬼話世界的言論自由

最近發現這個世界到處充滿鬼話，為什麼？因人隨便說話可能因為各種因素遭到司法、行政或政治性報復的懲處！

但講鬼話就沒有這種問題，因為鬼話比較沒有人相信，也不會因鬼話遭到司法、行政或政治性等因素的報復性懲處，所以這世界已經逐漸成為大家都不願意說人話。

試問大家到底喜歡聽人話呢？還是喜歡鬼話呢？告訴你人話要負責很多難以想像的各種奇怪責任，鬼話就無所謂責任問題，所以真正的言論自由竟是「鬼話連篇」！

為了大家未來的美好快樂生話，請大家盡量說鬼話，別再說人話了，按個讚吧！繼續有下期。

鬼話連篇 = A pack of lies/ 劉戡宇著 . -- 初版 . -- [臺北市]：
劉戡宇 , 2022.07
面；　公分
ISBN 978-626-01-0305-7（平裝）

1.CST： 言論集 2.CST：時事評論

078　　　　111010798

鬼話連篇 A pack of lies

作者　劉戡宇
責任編輯　曾宇婕
美術設計　陳珮珊
出版發行　劉戡宇
初版一刷　2022 年 7 月
定價　新台幣 350 元